NOUVELLES

DE

JEAN BOCCACE.

IV.

Iroit-on après tout s'alarmer sans raison
    Pour un peu de plaisanterie ?
Je craindrois bien plutôt que la cajolerie
    Ne mît le feu dans la maison.
Chassez les soupirans ; Belles, souffrez mon livre ;
    Je réponds de vous corps pour corps. . . .
Mais pourquoi les chasser ? . . . . . (*Lafontaine.*)

* Il a été tiré quelques Exemplaires en papier vélin, Figures avant la lettre.

NOUVELLES

DE

JEAN BOCCACE.

TRADUCTION LIBRE,

Ornée de la Vie de BOCCACE, des contes que LAFONTAINE
a empruntés de cet auteur, et de Figures gravées sous la
direction de PONCE, d'après les dessins de MARILLIER.

PAR MIRABEAU.

TOME QUATRIÈME.

DE L'IMPRIMERIE DE A. EGRON.

A PARIS,

CHEZ L. DUPRAT, LETELLIER ET Cᴵᴱ,
rue Saint–André–des–Arcs, nᵒ. 46.

1802.

NOUVELLES

DE

JEAN BOCCACE.

HUITIÈME JOURNÉE.

SEPTIEME NOUVELLE.

LA TROMPEUSE TROMPÉE (1).

Dioné ne fut pas le dernier, comme on peut croire, qui applaudit à la philosophie

(1) C'est ici une nouvelle transposée ; car j'omets la neuvième de cette Journée. Lebrun et Bulfamaque en sont les héros, et leur victime est un médecin plus stupide encore que Calandrin. On lui persuade que l'art d'aller en course (andare in corso) c'est-à-dire à peu près d'aller au sabbat ; procure toutes sortes de richesses et de jouissances ; et on lui inspire, par les fables les plus plates, la plus grande envie d'entrer dans l'infernale confrairie. Pour donner une idée du bon goût qui règne dans ce conte , il suffira de dire que l'on promet au docteur les faveurs de la comtesse de Civil-

4.   I

de Mino et à l'association des deux maris. La
reine, pour tempérer son enjouement, ou

---

lari (c'est le nom de l'endroit où l'on jette à Florence
les immondices) à laquelle toutes les maisons payent
tribut, en l'honneur de qui l'on sonne la trompette,
qui se fait sentir de loin, et dont la résidence ordinaire est au royaume des latrines. (Gli honori dal medico fatti a costoro appresso questa promessa multi-
plicarono, la onde essi godendo gli facevan cavalcar la
capra delle maggiori sciocchezze del mondo, e impio-
misongli di dargli per donna la contessa di Civillari,
laquale era la piu bella cosa, che si trovasse in tutto
il culattaio dell' humana generatione. Domando il
medico, chi fosse questa contessa. Alquale Buffalmacco
disse : Pinca mia 'da seme ella e una troppo gran
donna, e poche case ha per lo mondo, nelle quali ella
non habbia alcuna giurisditione, e non che altri, ma
i frati minori a suon di nacchere le rendon tributo. Et
sovvi dire che quando elle va datorno, ella si fa ben
sentire, benche ella stea il piu rinchiusa, ma non ha
percio molto, che ella vi passo innanzi all' uscio una
notte, che andava ad Arno a lavarsi i piedi e per pi-
gliare un poco d'aria, ma la sua piu continua dimora
e in laterina). Je ne sais pas si ces sortes de plaisanteries paroissent de bon goût aux Italiens; mais je crois
qu'il faut avoir beaucoup de courage pour oser offrir au
public français quarante-cinq pages écrites de ce ton-
là. Au reste, le dénouement est digne du récit. On
donne un rendez-vous nocturne au docteur, où une bête
noire et cornue doit le venir trouver pour le conduire

peut-être afin de lui donner un libre cours, lui ordonna de conter l'histoire suivante. Ce n'est pas, leur dit-il, une novice que je prendrai pour héroïne; c'est une femme dès long-temps exercée et savante dans l'art de tromper que je vais vous livrer, justement punie de son insatiable cupidité.

C'est un usage reçu dans les villes maritimes que les négocians étrangers déposent dans un magasin public les marchandises nouvellement débarquées, avec la seule précaution d'en remettre un état signé et chargé du prix de chacune d'elles, entre les mains du commis préposé pour les recevoir. Les employés les enregistrent, perçoivent les droits

---

en course, et le docteur est prévenu qu'au moindre signe de frayeur, la bête lui jouera un mauvais tour, Bulfamaque qui, comme on le devine bien, avoit tout l'esprit nécessaire pour faire la bête, précipite le docteur, tremblant et invoquant tous les saints du paradis, dans une fosse d'immondices, où le pauvre médecin passe la plus grande partie de la nuit. Trop heureux d'endurer toutes les injures de sa femme, celles de ses prétendus amis, qui l'assurent avoir été puni de sa sottise, et d'acheter chèrement la discrétion de ces escrocs, afin de ne pas devenir l'objet de la risée publique.

et donnent à chaque marchand un petit magasin séparé.

On sait que Palerme est une ville d'un grand commerce. Les formalités que je viens d'énoncer s'y pratiquent comme ailleurs, et sont quelquefois d'une grande utilité aux courtisanes qui abondent dans ce pays; elles consultent les livres des commis dont elles savent se concilier la bienveillance, s'assurent ainsi de la fortune des nouveaux débarqués, et tendent leurs filets d'après la connoissance qu'elles prennent de leurs affaires.

Un jeune et beau Florentin, nommé Salabet, peu expérimenté, fort galant, et très-riche en bonne opinion de lui-même, avoit apporté à Palerme une assez grande quantité d'étoffes de laine. La dissipation de son âge l'entraîna, et le jeune étourdi se mit à courir la ville, pensant plus à ses plaisirs qu'à son commerce. Une courtisane, très-belle et très-rusée le remarque; la jeunesse du personnage, son air curieux et empressé, ses manières affectées lui paroissent de bon augure pour ses vues secrètes; elle prend des informations, s'assure que la conduite de Salabet ne dément pas sa physionomie, et forme son plan en conséquence.

Blanche , c'est ainsi qu'on appeloit la Sicilienne , jouissoit d'assez d'aisance pour étaler
beaucoup de luxe , et professoit son état avec
quelque décence , de sorte qu'elle ne paroissoit ce qu'elle étoit qu'aux yeux de ceux qui
connoissent Palerme ; sa beauté suffisoit pour
la faire remarquer de Salabet ; mais les regards d'abord curieux et bientôt tendres que
lui décochoit la belle , l'intéressoient infini-
ment davantage. Le petit maître Florentin ne
mit pas en doute qu'il n'eût fait une brillante
conquête. Pour s'en assurer , il chercha les
moyens de lier conversation avec Blanche ;
rien n'étoit plus facile , et la Sicilienne lui
en fournit plus d'une occasion. Salabet fut
galant ; Blanche parut timide ; elle parvint
aisément à donner de l'amour et de l'espoir.
Quand elle s'aperçut que Salabet étoit vraiment épris, elle lui envoya une femme adroite,
qui , feignant de gémir sur le fatal ascendant
qu'un trop aimable jeune homme avoit pris
sur sa belle et chère maîtresse , remit en pleurant une lettre passionnée, où Blanche avouant
sa défaite et se consumant en regrets sur la
gêne dans laquelle un mari trop jaloux , une
famille trop cruelle la retenoient, permettoit
à Salabet , le pressoit même de se trouver à

tel bain qu'elle lui indiquoit, où elle rece-
vroit et récompenseroit les sermens de son
amour.

Il n'en falloit pas tant pour faire tourner la
tête au nouveau Narcisse, qui trouvoit trop
naturel qu'on l'adorât, pour soupçonner le
moins du monde qu'on jouât avec lui une
passion non ressentie. L'heure du rendez-vous
arrivée, Salabet, qui, comme un discret
chevalier n'avoit parlé de son bonheur à personne, se rend chez le baigneur indiqué, et
ressent une vive joie en apprenant que l'étuve
est retenue pour la belle Sicilienne. Deux
femmes y arrivent en effet chargées de tout
l'attirail d'un luxe élégant ; Blanche les suit
de près : Salabet est introduit auprès d'elle ;
il tombe à ses pieds : elle se laisse aller dans
ses bras, éperdue de joie et d'amour. Cependant un reste de pudeur combat encore ; mais
le beau Toscan, ivre de désirs, n'éprouve
presque point de résistance, quand aidé des
deux femmes du bain, il entreprend de déshabiller la Sicilienne. Blanche, en proie à ses
caresses, feint de s'abandonner au plus tendre
délire ; peut-être même ne feignoit-elle pas ;
car le plaisir déconcerte la dissimulation la
plus profonde.... Que de trésors s'offrent alors

aux yeux de l'ardent jeune homme ! .... La présence des femmes réprimoit encore ses transports : « Charmant Toscan ! cher vain-» queur ! lui dit Blanche, partage mon bain ; » tu es plus beau que l'amour ; montre-toi » nu comme lui. . . » Salabet obéit ; il dépouille ses vêtemens. Plus aimable que Pâris, aussi impétueux qu'Hercule, il vole dans les bras de sa déesse. Les femmes sourient, disparoissent : c'est au sein même d'une eau limpide et parfumée que la belle Naïade couronne son amant ; et cette eau enflammée du feu que respire ce couple, sert d'autel à plus d'un sacrifice.

Dans un moment de repos elle appelle ses femmes : Blanche et Salabet sortent du bain, portés sur les bras de jeunes filles que le Florentin trouveroit charmantes si Blanche ne les éclipsoit pas ; la fleur d'orange, le jasmin, le naphte, les essences les plus précieuses coulent à grands flots ; une collation élégante, des vins exquis paroissent. Salabet est tenté de croire qu'il a séduit la plus opulente, la plus magnifique des princesses ; mais la beauté éblouissante de la Sicilienne ne laissoit pas un moment aux réflexions. Les amans entrent dans le lit où la volupté les appelle. Le Flo-

rentin, consumé de tous les feux de l'amour
et de la jeunesse en surpassa les triomphes ; et
si Blanche eût été capable d'aimer, des procédés si tendres auroient renversé tous ses
projets ; mais depuis long-temps la cupidité
étoit pour elle la première des passions. Les
instans qu'elle étoit forcée de céder au plaisir
tournoient tous au profit de son manége ; elle
ne pensoit qu'à gagner la confiance du jeune
étourdi , en le persuadant de son amour.
Blanche l'engage à souper , le retient toute
la nuit chez elle , et le rend tout à la fois
l'homme le plus amoureux et le plus fortuné.

En vain quelques-uns de ses compatriotes le
plaisantèrent sur les agaceries de Blanche , et
lui donnèrent à entendre qu'elle en étoit prodigue ; en vain par une inconséquence frap-
pante cette femme si gênée , disoit – elle , l'a-
voit admis librement le soir même à sa table
et à son lit. Le charme étoit formé ; les habits,
les meubles , les appartemens qui respiroient
le goût et l'opulence , le ton imposant , les
manières agréables et surtout les propos flatteurs et les caresses de la belle avoient fasciné
les yeux du jeune homme et déçu sa raison ;
Salabet ne vit rien , ne crut rien , et se lia du
commerce le plus intime avec Blanche.

Célle-ci suivoit de près toutes ses démarches , lui donnoit les meilleurs conseils , l'exhortoit surtout à se méfier des avides courtisanes , lui faisoit des présens , réunissoit enfin les soins d'une tendre sœur aux transports d'une amante passionnée. Salabet gardoit cependant encore assez de réserve sur ses affaires pécuniaires ; ses étoffes étoient vendues , l'argent touché ; et Blanche qui n'avoit garde de paroître curieuse des détails de son commerce , ne le savoit que par ses espions. Peu de jours après , Salabet vient souper chez elle ; jamais Blanche n'avoit été si aimable , si généreuse ; il suffisoit qu'il louât quelque chose pour qu'elle le lui offrît ; le Florentin étoit honteux de recevoir toujours sans pouvoir rien faire accepter. Mais la scène alloit changer.

On apporte des lettres à la tendre Sicilienne ; elle en ouvre plusieurs et les lit avec tranquillité ; à la dernière elle chancelle et tombe sans connoissance ; Salabet consterné, appelle ; on accourt : il s'empresse , il gémit ; Blanche revient à elle ; un torrent de pleurs inonde son visage et son sein. . . . Ah ! cher Salabet, j'ai trop vécu. . . . — Dieux ! qu'avez-vous ? — Hélas ! hélas ! mon pauvre

frère enveloppé dans l'affaire la plus malheureuse, m'écrit qu'il va porter sa tête sur un
échafaud, si je ne lui envoye à l'instant mille
ducats pour le sauver.... O ciel! que devenir? il ne me donne que peu d'heures; quand
je livrerois tout mon bien, encore faut-il s'as-
treindre à des formalités qui consument bien
plus de temps.... Et mon frère va périr!...
— A ces mots les convulsions de la douleur
recommencent, et Salabet craint pour les jours
de sa sensible amante. .... « Chère âme de ma
» vie! s'écrie-t-il, calme-toi; j'ai touché il
» y a deux jours cinq cents ducats; doutes-
» tu qu'ils ne soient à mon amante? Envoye-
» les à l'instant à ton frère; je vais courir chez
» toutes mes connoissances; cherche auprès
» de tes amis; nous parviendrons à complé-
» ter la somme.... Mais cesse, je t'en con-
» jure, ah! cesse de te livrer à des transports
» qui me font craindre pour tes jours.... »
Blanche vole dans les bras de son amant; la
reconnoissance lui ôte long-temps l'usage de
la voix; mais ses tendres caresses, ses brû-
lans soupirs peignent assez tout ce qu'elle
voudroit vainement exprimer; peu à peu elle
revient à elle-même : « Cher et généreux ami,
» dit-elle, que ce procédé est digne de toi!

» c'est donc la destinée de Blanche de te de-
» voir tout!...Oui, tu me rends mon frère;
» et celui qui fait mes plaisirs, ma félicité,
» sauve encore mon honneur...... J'ac-
» cepte ton offre, ô mon bien-aimé! à Dieu
» ne plaise que je rougisse de tes dons! je ne
» saurois trop te devoir! je ne te trouverai
» jamais trop de droits sur ton amante. Mais
» ne crois pas que j'abuse de ta touchante
» bonté; je sais combien les négocians sont
» pressés de la rentrée de leurs fonds; et je
» vais engager à l'instant une maison pour te
» rendre sous peu de jours la somme que tu
» daignes m'offrir, et qui me rappelle à la
» vie en la sauvant à mon pauvre frère. »

Le bon Florentin étoit au comble de la
joie; il est si satisfaisant d'être généreux! il
est si doux d'obliger ce qu'on aime! Salabet
court chercher les cinq cents ducats; il revient; on devine comment il est reçu : jamais
nuit ne fut si délicieuse; jamais Blanche ne
renvoya le généreux Toscan si heureux, si
convaincu de sa tendresse; mais la nuit épuisa
ces transports.

Le lendemain même Blanche parut triste
et chagrine : elle se plaignit de sa santé, de
ses malheurs domestiques, et ses caresses

furent contraintes : le jour d'après madame
avoit si mal dormi, qu'il fut impossible de
pénétrer chez elle. Salabet se plaignit tendrement lorsqu'il revit Blanche ; elle répondit
avec aigreur ; en prenant un amant elle n'a-
voit pas cru se choisir un tyran : tout despotisme lui étoit insupportable. Salabet, étonné
d'un changement de conduite si singulier dans
les circonstances, devint méfiant et sombre :
la Sicilienne redoubla de froideur et de fierté,
et sa porte se trouva presque toujours fermée
pour son importun créancier. Salabet commençoit à comprendre que son argent étoit
très-aventuré ; il en parla. . . . Monsieur veut
sans doute se donner les honneurs de la rup-
ture ? . . . Vous auriez pu y parvenir sans un
si mauvais procédé ; car j'étois excédée de
vous, j'en conviens ; votre argent vous sera
fidèlement remis, monsieur Salabet, et je
vous prie de ne pas prendre la peine de venir
le chercher ; on le portera chez vous. — Mais,
madame. — Mais, monsieur, c'est mon dernier mot.

Salabet étoit désespéré ; il n'avoit pas même
eu la pensée de demander un billet à sa maîtresse. Quelle poursuite pouvoit-il faire ? quelle
caution espérer ? . . . Honteux, humilié, d'au-

tant plus dérangé que la plus grande partie
des étoffes qu'il avoit vendues ne lui appar-
tenoit pas, et que ses associés lui avoient déjà
écrit pour la rentrée de leurs fonds, il recou-
rut au trésorier de l'Impératrice de Constan-
tinople à Naples, son ami intime, dont il connoissoit l'opulence, les lumières et la sensibilité.
Canigian (c'étoit le nom du banquier) rit de
son aventure, et lui fit une leçon bien méritée ; mais il lui laissa espérer qu'il auroit sa
revanche : « Dissimulez, lui dit-il, et com-
» mencez par remplir vos engagemens sans
» penser à une si mauvaise créance ; ensuite
» au lieu d'aller à Florence maudire votre
» crédulité et vous attirer des reproches ou
» des railleries, retournez à Palerme, pour
» tenter de nouveau votre belle Sicilienne ;
» rien n'est plus facile, si vous suivez à la
» lettre mes instructions. La dame est payée
» pour croire à votre crédulité ; la dette n'est
» pas assez vieille pour que vous soyiez
» soupçonné d'en avoir désespéré ; nous en
» tirerons parti.... » Alors il lui donne ses
instructions et lui prête quelque argent. Salabet achète une quantité de barils qui avoient
récemment contenu de l'huile, et fait arranger et marquer plusieurs ballots. Après quoi

il part, bien prémuni contre toutes ruses nouvelles, et se fait suivre de cette pacotille qu'il dépose à la douane de Palerme, en ne manquant pas d'ébruiter qu'il ne vendroit rien qu'il n'eût reçu sa cargaison entière.

Blanche bientôt informée de son retour, des richesses qu'il avoit apportées, et très-convaincue qu'il lui seroit fort aisé de reprendre tout son ascendant sur lui, tend de nouveau ses filets. Elle commence par lui faire reporter les cinq cents ducats qu'elle lui devoit, et les accompagne d'un billet, où, sous le masque de la dignité, elle avoit su glisser cependant des choses galantes. Salabet, se revoyant maître de son argent, réfléchit qu'il est bon de se payer de l'attente, et d'exercer sur sa jolie friponne une vengeance proportionnée à l'injure. Il ne risquoit rien à retourner chez elle; car son parti étoit fermement pris, quelque chose qu'il arrivât, de ne pas lui confier une obole.

Il fut assez bien accueilli. Blanche feignit d'ignorer absolument qu'il eût débarqué des marchandises nouvelles; le bouda d'abord, l'agaça ensuite, lui sourit bientôt, et attribuant à la jalousie, au dépit de l'amour, ses froideurs récentes, elle le rétablit dans tous les droits d'amant heureux. Jusque-là tout alloit bien, et quand Salabet n'eût gagné que du déplaisir à ses nouvelles visites, il auroit pu s'en applaudir. Mais un Toscan n'oublie pas si aisément qu'il a été trompé. On avoit attaqué les ducats de Salabet; il en vouloit aux ducats de Blanche.

Pourquoi, lui dit-il, vous êtes-vous si hâtée de me renvoyer l'argent dont j'ai été assez heureux de vous obliger? Je suis arrivé hier, et ce matin j'ai été payé, les amis ne doivent pas se piquer de tant de scrupule? — Mon cher Salabet, c'est sans doute un reproche que vous me faites, car enfin je n'ai point été exacte à mon engagement, et peut-être vos affaires en ont-elles souffert? — A la vérité j'ai été embarrassé un moment, mais des amis y ont pourvu, et j'avois si bien oublié l'instant d'humeur que cela m'avoit donné que je ne suis revenu à Palerme que dans l'intention de m'y établir : j'espère que ma chère Blanche devinera aisément ce qui m'attire dans sa patrie, où j'ai maintenant la plus grande partie de ma fortune.... — Blanche écoutoit d'une oreille avide; mais elle ne parut occupée que des intérêts de son amour, et récompensa le plus voluptueusement qu'elle

put son cher Florentin de l'aimable résolution
qu'il avoit prise.

Ce manége dura quelque temps de part et
d'autre. Un jour dont Salabet devoit passer la
nuit avec la courtisane, il apporta chez elle
une physionomie altérée, un air sombre et
tous les symptômes de la plus profonde tristesse. Blanche les remarqua : qu'as-tu donc,
mon ami ? — Hélas ! je suis ruiné, si je ne
trouve à faire un emprunt pour lequel je n'ai
pas la moindre avance. — Comment un emprunt ? et vous avez tant de marchandises ? —
Eh ! vraiment, je ne demande pas mieux que
de les engager ; mais c'est le temps qui me
manque.... Imaginez-vous, ma chère Blanche,
que le vaisseau sur lequel on avoit embarqué
le reste de ma fortune a été pris par des cor-
saires de Monégue ; ils ne veulent pas le ran-
çonner à moins de dix mille ducats, il faut
que j'en donne mille pour ma part, et je n'en
ai pas un ; ceux que vous m'avez rendus sont
à Naples, où j'ai ordonné un achat de toiles.
Si je vends avant la foire mes huiles et mes
étoffes, j'y perdrai moitié : d'ailleurs comment s'en défaire en un seul instant ? je suis
trop peu connu à Palerme pour y trouver un
grand crédit ; je ne sais où donner de la tête :

mes marchandises iront à Monègue; et si cela arrive, je suis ruiné.

Blanche, qui voyoit le fruit de son hypocrisie prêt à lui échapper, pensa aux moyens de sauver Salabet jusqu'au moment où elle pourroit le dépouiller, et prit rapidement son parti : « Mon ami, lui dit-elle, de l'air » le plus touché, tu me feras bien la justice » de croire que tes affaires m'intéressent au » tant que les miennes. J'ai le plus cuisant » regret de ne pouvoir te prêter la somme » qui te manque ; non-seulement je ne suis » pas en argent : mais pour compléter les » mille ducats auxquels la vie de mon frère » étoit attachée, j'ai été obligée d'en emprun » ter cinq cents à trente pour cent d'intérêt ; » puisque mes amis m'ont manqué dans cette » occasion, ils ne m'aideroient pas davantage » dans celle-ci ; mais si tu ne trouves pas » l'intérêt trop onéreux, je serai volontiers » ta caution, et mon prêteur te donnera tout » ce que tu voudras. »

Salabet comprit à merveille que Blanche n'iroit pas chercher bien loin cet argent ; mais peu lui importoit, pourvu qu'il le touchât. « Dans un besoin si urgent, répondit-il, on » ne peut pas se montrer difficile sur les

4.   2

» conditions, et vous me rendrez un grand
» service de me faire prêter mille ducats,
» quelque exhorbitant qu'en soit l'intérêt; je
» donnerai pour sûreté les marchandises que
» j'ai à la douane; rien de plus simple ni de
» plus expéditif. Je les ferai écrire au nom du
» prêteur; mais je garderai les clefs du ma-
» gasin, soit pour faire voir aux courtiers ce
» qu'il contient, soit pour être assuré qu'il
» ne s'y commettra point de fraude. »

Blanche approuva tout; et cherchant à distraire Salabet des idées tristes qui pourroient
le conduire à des réflexions sur un marché
aussi usuraire, elle l'enivra de plaisirs et le
renvoya doublement heureux et vainqueur.
En effet, le lendemain même un agent de la
courtisane alla sous le nom d'un courtier
prêter au Florentin les mille ducats, dont il
se rendit possesseur, en observant les formalités convenues : on va voir qu'elles ne l'en-
gageoient pas beaucoup.

Aussitôt que cette affaire est finie, Salabet
part et va rendre à son ami l'argent qui lui
avoit fait recouvrer le sien, avec un si gros
supplément, après quoi il retourne tranquillement à Florence.

Deux mois écoulés et Blanche très-inquiète,

n'entendant plus parler du jeune homme, fait
ouvrir le magasin qui contenoit sa sûreté.
Mais, ô surprise ! les bariques enfoncées ne
contiennent que de l'eau de mer sur laquelle
surnageoit un peu d'huile. Les ballots éventrés
n'offrent que des étoupes. La belle Sicilienne
trompée à son tour, mais avec usure, pleura
les cinq cents ducats rendus ; mais bien plus
amèrement encore les mille prêtés.

SEPTIEME NOUVELLE.

LES AMANS ÉCONDUITS (1).

Il faut avouer, dit Elise, que votre Salabet étoit digne de joûter contre Blanche, et l'on aura de la peine à décider lequel des deux s'est montré plus fripon. Je vais vous parler d'une veuve qui, plus honnête et tout aussi maline, parvint sans faire de mal à personne, à se délivrer l'un par l'autre de deux amans importuns.

---

(1) Cette nouvelle est transposée, et se trouve dans Boccace la première de la neuvième journée de son Décameron. Toute mauvaise qu'elle paroîtra aux lecteurs, elle l'est beaucoup moins qu'aucune de celles que j'ai retranchées. Comme la dixième journée, qui sera une neuvième, est très-froide, je conserve le *Psautier de l'abbesse*, le *Berceau* et la *Jument du compère Pierre*, qui sont la deuxième, la sixième et la dixième de la neuvième journée, pour égayer le dernier volume de cette imitation, et je substitue dans cette journée les deux premières nouvelles de la dixième de Boccace aux troisième, cinquième, huitième et neuvième de l'avant-dernière journée du Décaméron, dont on va trouver les notices.

Cette dame, dont les grâces et les charmes égaloient l'esprit et l'honnêteté, habitoit Pistoye. Deux Florentins, qui n'avoient pas su lui plaire, au lieu de se faire justice, la tourmentoient de leurs soins. L'un s'appeloit Rinace et l'autre Alexandre. Ils avoient inutilement tout tenté pour attendrir la belle Françoise. Celle-ci, excédée de leurs importunités, également indifférente pour l'un et pour l'autre, et résolue de les expulser tous deux, usa de feinte. Elle parut prête à les favoriser l'un et l'autre ; puis saisissant divers prétextes pour exagérer les difficultés qu'elle trouvoit à les introduire chez elle, Françoise attendit une occasion où elle pourroit mettre ses galans à une épreuve à laquelle elle espéroit bien qu'ils refuseroient de se soumettre.

Il étoit mort dans la ville un homme très-fameux par ses crimes et plus célèbre encore par sa difformité, qui effrayoit les plus intrépides. C'étoit un monstre au moral et au physique. Le crédit de ses parens l'avoit sauvé de supplices vingt fois mérités, en le faisant enfermer dans une maison de force, où l'autorité des magistrats l'avoit mis à l'abri du glaive des lois. Françoise, se souciant peu de

paroître déraisonnable, pourvu qu'elle en vînt
à ses fins, s'avisa de supposer sous je ne sais
quel prétexte, si même elle en daigna chercher, que l'on devoit apporter dans sa maison
ce hideux cadavre. Elle envoya chez Rinace
une confidente adroite pour l'en instruire : ma
maîtresse, lui dit-elle, est glacée d'horreur
en apprenant qu'elle habitera sous le même
toit qu'un tel scélérat, qu'elle redoute presque
autant que s'il n'étoit pas mort ; déjà elle croit
la maison livrée à tous les démons ; vous lui
rendriez le plus grand service, si ce soir à la
chute du jour vous alliez dans l'église des Cor-
deliers où Etrangle-Dieu est enterré, prendre
sa place ; et si vous contrefaisiez assez bien le
mort pour qu'on s'y méprît, et que les gens
qui iront le chercher, peu curieux sans doute
d'examiner sa figure, vous apportassent chez
elle : là, vous recouvreriez bientôt par ses
soins les droits les plus précieux des vivans.
Vous sentez que dans une circonstance si critique, un refus, dont je ne crois pas capable
un aussi brave homme que vous, seroit une
renonciation absolue à ma maîtresse, qui n'a
pas mis un moment en doute votre dévouement et votre zèle. Quelle réponse lui rap-
porterai - je de votre part ? — Tu lui

diras, s'écrie le galant Rinace, qu'une aussi légère épreuve me paroît bien peu digne de mon amour, et que si j'ai quelque regret, c'est qu'elle n'exige de moi rien de plus difficile.

De retour auprès de sa maîtresse, la confidente reçoit l'ordre d'aller chez Alexandre : « Demande, lui dit-elle, comme un service » qui m'est très-essentiel, d'aller à minuit au » tombeau d'Etrangle-Dieu, d'en retirer dou- » cement le cadavre et de l'apporter chez moi. » Promets-lui que je m'expliquerai alors sur » les motifs d'une demande si singulière ; » qu'il les approuvera, et que mes plus douces » faveurs seront sa récompense. S'il hésite, » donne-lui son congé.... Grâces au ciel, » quoiqu'il arrive, il faudra bien qu'ils le » prennent tous deux, soit qu'ils obéissent » ou qu'ils refusent. S'ils ont la folie de faire » ce que je demande, j'ai mon excuse toute » prête, puisque Rinace n'est pas Etrangle- » Dieu, et je les accablerai de reproches pour » leur prétendue tromperie ; s'ils ont peur, » j'ai beau jeu pour les humilier, et leur » défendre de me revoir jamais. »

Alexandre fut tout aussi soumis que Rinace, et chacun d'eux prenant la résolution de satisfaire les désirs de sa maîtresse, quelque bizarres qu'ils lui paroissent, Rinace, à l'heure indiquée, court à son poste, tandis qu'Alexandre va chercher un si désagréable fardeau.

Alexandre et Rinace ne manquoient ni l'un ni l'autre de courage; mais tel homme que la vue des plus grands périls ne trouble pas, soit parce qu'il en a l'habitude, soit parce que la fièvre de la gloire ou le respect humain font prédominer le devoir ou le préjugé sur la peur, ne conservera pas l'usage de la raison dans une émotion imprévue, causée par une chimère peut-être, mais réalisée par l'imagination, qui ne délire jamais mieux que la nuit. D'ailleurs il est peu d'intrépidité qui résiste aux fantômes, précisément parce qu'ils n'existent pas. En général, pour ne redouter ni la mort, ni l'enfer, ni les spectres, il faut avoir des mœurs bien pures, une vertu très-éprouvée, et tout cela est fort rare. Je ne m'étonne donc point que Rinace fit de tristes réflexions en avançant vers l'église, et surtout vers le tombeau où l'adressoit le caprice de Françoise. « Quelle folie, se disoit-il, de m'en
» voyer ici ! suis-je beaucoup plus sage d'y
» venir ? qui sait si quelque rival préféré n'a
» pas conjuré ma perte ? et que ferai-je, nu,

» sans défense, dans un tombeau où tout,
» jusqu'au moindre mouvement, m'est inter-
» dit ? mais quand on ne me tendroit aucun
» piége, quel moyen bizarre de m'introduire
» chez elle ? quelle apparence qu'on y porte
» un cadavre pour le mettre dans ses bras,
» ou que Françoise puisse le dérober, sans
» qu'on s'en aperçoive ?..... Réflexions trop
» tardives ! c'étoit il y a quelques heures qu'il
» falloit se dire tout cela...... Maintenant
» pourquoi balancer ? irai-je perdre le fruit
» de tant de démarches, de tant de soupirs,
» et faire suspecter mon courage ? ah ! plutôt
» mourir !..... » A ces mots il avance en
frémissant, entre dans le tombeau, dépouille
le cadavre en détournant la vue, se charge
de ses vêtemens, et reste à sa place, immobile,
mais très-inquiet.

Alexandre, de son côté, n'étoit pas beaucoup plus tranquille : « Si je suis surpris por-
» tant Étrangle-Dieu sur mes épaules, que
» pensera-t-on ? A quoi ne serai-je pas exposé
» dans un pays superstitieux ? n'importe ,
» voilà le premier service que Françoise me
» demande ; elle y attache le plus grand prix,
» puisqu'elle m'offre de combler mes vœux
» en échange, je n'hésiterai pas..... » Le

voilà donc qui s'avance à l'église. En ouvrant
la porte il entend un long retentissement qui
ébranle sa fermeté. La porte ouverte, l'obscurité profonde qui régnoit dans ce vaste lieu,
le frappent d'une terreur qui lui fait dresser
les cheveux ; un moment il est tenté de rétro-
grader . . . . . L'amour le soutient, il l'encou-
rage . . . . . . Alexandre précipite ses pas avec
d'autant plus de vîtesse, peut-être, qu'il
avoit plus d'envie de fuir. Il arrive au tombeau, saisit le prétendu mort, qui sûrement
n'étoit pas plus rassuré que lui, le charge sur
ses épaules, et prend le chemin de la maison
de Françoise. Celle-ci attendoit à sa fenêtre à
l'heure désignée ; elle fut un peu deconcertée
en apercevant Alexandre, car elle n'avoit
pas compté sur tant d'exactitude, et déjà elle
se préparoit à chercher à ses deux amans une
mauvaise querelle, quand la garde, cachée
pour guetter un malfaiteur, voyant passer un
homme très-chargé à une heure si indue,
s'avance sur lui : aussitôt Alexandre laisse
tomber Rinace, afin de s'enfuir plus vîte, et
celui-ci, reconnoissant le danger, part aussi
comme un trait. En vain le lendemain chacun
d'eux conta naïvement son histoire à la belle ;
elle feignit de n'en pas croire un mot, et

tournant en ridicule toutes leurs protestations,
elle les assura qu'ils n'avoient rien à espérer
de sa complaisance , puisqu'ils en avoient si
mal donné l'exemple.

HUITIEME NOUVELLE.

LE VALET JOUEUR (1).

J E me consolerois des succès de la malignité,
dit Philostrate, si elle ne s'exerçoit qu'aux

---

(1) A la réserve de la première nouvelle de la neuvième journée de Boccace, que l'on vient de lire, de
celle-ci, qui est la quatrième, et des deuxième, sixième
et dixième, que je réserve pour ma huitième journée,
je retranche les autres contes de cette partie du Décaméron ; en voici les notices : c'est au lecteur à juger
s'il doit les regretter.

1°. Le héros de la troisième nouvelle est le spirituel
Calandrin, qui m'est aussi insupportable qu'il semble
plaire à Boccace, lequel dit naïvement dans l'épilogue
de cette journée, que tout ce qui regarde cet original
est si plaisant qu'on ne sauroit trop en parler (che di
lui si ragiona non par altro che multiplicare la festa).
Bulfamaque et Lebrun, intrépides parasites de Calandrin, leur éternel jouet, lui persuadent qu'il est fort
changé, et qu'assurément il est malade. Calandrin
consterné se met au lit, et un charlatan, complice de
ses honnêtes amis, l'assure qu'il porte un enfant dans
ses entrailles (tu non hai altro male, se non che tu
se pregno). Le bon homme le croit fermement, et très-
inquiet de la manière dont il accouchera, il reproche

dépens de la jalousie, de la vanité, ou des amans qui ne savent qu'être importuns et

avec emportement à sa femme qu'elle a des goûts si bizarres, des situations favorites si dangereuses, que tout le mal est son ouvrage. (Oì me, Tessa, questo m'hai fatto tu, che non vuogli stare altro che di sopra: j'o il ti diceva bene). Cette intrigue finit par escroquer au malade de l'argent et des présens, au moyen desquels il est guéri, sans avoir besoin d'être délivré.

2°. La cinquième nouvelle nous offre la même dupe trompée dans un autre genre. Ses fidèles amis lui composent un charme pour séduire une femme dont il est fort amoureux, et dont il n'est pas payé de retour, quoiqu'il ait été galant jusqu'à lui souhaiter *mille moggia di quel buon bene da impregnare*, ce que le dernier traducteur de Boccace interprète plus naïvement que décemment en français. La belle inhumaine est complice du tour que l'on joue à Calandrin, et feint de condescendre à sa passion aussitôt que le talisman l'a touchée ; mais la femme du pauvre homme, avertie par ses perfides amis, arrive à temps pour rompre l'enchantement, et assommer Calandrin, qui est obligé de souffrir le tout en patience, dans la crainte que le mari et les gens de la maison ne tombent sur lui à leur tour.

3°. Dans la septième nouvelle, il s'agit d'une femme qui, au mépris d'un songe de son mari, s'engage à une promenade dans un bois, où un loup la défigure, et l'auroit dévorée, si l'on n'étoit accouru à son secours.

ignorent l'art de plaire ; mais quand je vois le
bon sens et la probité en être la victime , soit
par d'odieuses plaisanteries qui font rire les

4°. Dans la huitième nouvelle , deux parasites se
jouent chacun un mauvais tour. L'un indique à son
confrère un fort mauvais dîner pour un bon; et le
premier attrapé fait porter à un bourru un très–mauvais compliment de la part de celui dont il avoit à se
venger, lequel compliment attire au parasite agresseur
un traitement fort brutal.

5°. La neuvième nouvelle met en scène deux hommes
qui vont trouver Salomon sur le bruit de sa sagesse ,
pour lui demander , l'un , comment il pourroit se faire
des amis, et l'autre , redresser le caractère et l'hu—
meur de sa femme. Salomon dit à l'un : *Aime et tu
seras aimé* , et ce conseil est digne d'un sage. Il dit à
l'autre : *Va–t'en au pont-aux-oies* , et la seule leçon
que cet homme reçoit au *pont-aux-oies,* c'est l'exemple
d'un muletier qui frappoit à outrance une mule ca-
pricieuse. Il faut convenir qu'il n'y a dans ce conseil
ni esprit, ni sagesse.

Si quelqu'un regrette ces contes, je m'empresse de
le renvoyer à la dernière traduction de Boccace, dont
j'espère qu'il sera fort content. Quant au dernier dont
je viens de parler, M. Lemaître a été plus hardi que
moi ; il vient d'en donner une imitation en vers, qui ,
quoique meilleure que la nouvelle de Boccace, ne pourroit l'être en prose française, et fait regretter peut–être
qu'il n'ait pas choisi un autre sujet.

fous, scandalisent la raison, et déconcertent les honnêtes gens, soit par des ruses coupables;

LE CONSEIL DE SALOMON.

Conte imité de Boccace.

Il n'est, je crois, de magasin fourni
Comme celui de Messire Boccace;
Par-ci, par-là, se rencontrent chez lui
Gente nouvelle, et conte plein de grâce.
Contes d'amour, où souvent un mari
Tombe malgré sa jalouse cervelle,
Dans le panneau tendu par sa femelle;
Mais d'autre chose il s'agit aujourd'hui.
La femme ici n'est que femme, et la gloire
Est pour la barbe en la présente histoire.
Certain Hébreu, qui Jacob s'appeloit,
(Ce n'est ainsi que le nomme Boccace;
 Mais de ce point ne m'embarrasse)
 Vers Solime un jour s'en alloit.
Pour ses péchés le sire possédoit
Une femme, ou plutôt étoit possédé d'elle;
 Car vous saurez que cette belle
Sous féminin visage un vrai diable cachoit.
 Tendres propos auprès de la donzelle,
Patience, douceur, tout perdoit son crédit;
 Par quoi l'époux, qui le jour et la nuit,
 Trouvoit l'enfer en son ménage,
 Avoit entrepris le voyage,
 Résolu d'aller à Sion
 Consulter le roi Salomon,
Sur les moyens de finir le tapage.
Il n'étoit bruit alors que de ce roi,
 Qui prenant l'équité pour loi,
 Par sa sagesse peu commune,

quand je vois que la malignité du cœur humain
est telle, que nous prenons presque toujours

Sans sergens, sans procureurs,
Sans avocats, sans rapporteurs,
Sans écriture, et sans chicane aucune,
Finissoit tous débats, tout procès terminoit
Et ses avis *gratis* aux gens donnoit.
Partant vers lui chacun venoit.
Jacob arrive, on ouvroit l'audience.
Introduit donc en la présence
Du Prince et de son sanhédrin,
Besoin ne fut au pèlerin
De se mettre en frais d'éloquence ;
En peu de mots il exposa son cas,
Et notre bon sire n'eut pas
Ouï le quart de ce qu'il vouloit dire :
Ami, fit-il, se prenant à sourire,
Si tu m'en crois, tu t'en iras,
De ce pas,
Au pont-à-l'oie où l'on pourra t'instruire ;
Bon soir, et ceci dit, le patron se retire.
De par Satan, que me veut donc le roi ?
Avec son pont, il s'est moqué de moi ;
Puis il s'en va rêvant à son affaire,
Quand de fortune il vint au bord d'une rivière,
Là, sur un beau pont fait exprès,
Passoient alors bon nombre de mulets,
Force chevaux, que si l'on croit l'histoire
Des maquignons conduisoient à la foire :
Mais il n'importe. Arrive au milieu du troupeau
Un villageois affourché sur sa mule,
Qui, rétive à l'aspect de l'eau,
Tout court s'arrête bien et beau.
Le manant jure, et l'animal recule.
Bâton d'entrer en danse, et Jacob aussitôt :

parti pour le trompeur contre le trompé, j'en.
suis vraiment humilié, et j'en gémirois par

Que fais-tu là, dit-il, maître Rustaut ?
As-tu juré d'assommer sur la place
Ta pauvre mule? Enseigne-moi, de grâce,
A quoi bon tous ces coups? De la douceur plutôt,
Si faudra-t-il à la fin qu'elle passe.
Vous connoissez votre animal,
Dit le paysan, et moi ma bête;
Frapper est mon plaisir; menez à votre têtê
Votre bidet; n'y trouverai de mal.
Le muletier adonc de nouveau jure,
Puis tant battit, si bien rossa,
Qu'à la fin la belle passa,
Bongré, malgré. Cette telle aventure
Fit faire au voyageur une réflexion.
Ami, parlez, apprenez-moi le nom
De ce pont. C'est le pont-à-l'oie.
Vraiment, j'en ai bien de la joie,
Repart Jacob; messire Salomon,
Votre conseil je trouve bon.
Bien est-il vrai qu'à rosser une femme
Ne suis encor des mieux appris;
Mais nous verrons. Merci de votre avis.
Je vais chanter une bien autre gamme.
Ceci dit, il pique des deux,
A sa maison il arrive joyeux,
Et dès l'abord, il veut qu'à souper l'on apprête.
La femme avoit un esprit à l'envers,
Je l'ai jà dit; aussi tout fut-il de travers,
Madame ne voulut en faire qu'à sa tête.
Adonc l'époux recordant sa leçon
Du pont-à-l'oie: oh, oh, mon cher tendron,
Vous en voulez, dit-il, il faut vous satisfaire;
Puis Dieu sait de quelle manière
4.   3

réflexion, lors même que le raconteur m'auroit arraché un sourire. Dans l'histoire que vous allez entendre vous verrez un Siennois bon et sage, trompé, raillé, volé par un adroit filou, et les rieurs ne seront pas du côté de l'honnête homme.

Un gentilhomme nommé Anjollier, tourmenté dans la maison paternelle par le plus insupportable despotisme, résolut d'aller dans la Marche d'Ancône où le pape venoit de faire passer un légat dont il étoit l'ami intime ; il espéroit s'affranchir du triste esclavage dans lequel il gémissoit, et trouver des moyens de subvenir à ce que l'extrême parcimonie de son père lui refusoit. Anjollier avoit besoin

Il vous étrilla la commère.
Très-bien le fit, et bien eut-il raison;
Car s'agit-il de chasser un démon,
Qui dans le corps d'une fémelle habite,
Je tiens, quant à moi, qu'un bâton
Vaut mille fois mieux qu'eau bénite.
Or tout alla de si gente façon,
Tant bien frappa, rossa le compagnon,
Que son épouse, chose étrange !
De diable transformée en ange,
Devint douce comme un mouton.
Plus ne se fit tirer l'oreille
Pour obéir; aussi dans le canton,
De ce surpris, les gens crioient merveille !
Vive le pont-à-l'oie et le roi Salomon !

d'un domestique de confiance, et n'en vouloit pas plus d'un. Fortarigue, jeune homme d'une naissance honnête, d'une famille attachée de tout temps aux Anjollier, d'une jolie figure et d'assez d'esprit ; mais pourvu de toutes les qualités des libertins, vint supplier le voyageur de l'emmener avec lui; celui-ci l'avoit toujours aimé; mais connoissant ses défauts, il lui dit naïvement qu'il aimoit trop le vin et le jeu pour lui convenir dans une situation où la plus sévère économie lui étoit nécessaire. Fortarigue lui jura que la reconnoissance le convertiroit, et que s'il obtenoit la grâce qu'il sollicitoit, il renonceroit à jamais à la débauche ; Anjollier, séduit par son air de bonne foi, et sa propre bonté, consent à tout. Dès la première journée il sut à quoi s'en tenir sur les sermens de son nouveau serviteur.

Il faisoit extrêmement chaud. Anjollier, arrivé à l'endroit où il devoit dîner, ordonne qu'on lui prépare un lit, se déshabille, se couche et s'endort. Fortarigue, qui ne dormoit jamais quand il pouvoit se livrer à ses goûts, vole à la taverne, y joue, y perd tout son argent et jusqu'à ses vêtemens, puis il revient à l'auberge, entre sans bruit dans la chambre de son maître, s'empare de sa bourse,

3.

et court, aidé de ce renfort, essayer de se réconcilier avec la fortune. Elle en avoit décidé
autrement ; le misérable perd l'argent d'Anjollier aussi bien que le sien, et ne sachant plus
où donner de la tête, il médite de se r'habiller
du moins aux dépens de son maître.

Celui-ci, réveillé et prêt à partir, faisoit
chercher partout Fortarigue. Quelqu'un qui
l'avoit vu entrer dans le noble lieu où il s'es-
crimoit avec la bourse du patron, le dit tout
simplement. Anjollier, bien convaincu qu'il
n'y avoit point d'amendement à espérer de ce
débauché, prend son parti, et décidé à laisser
là le joueur, il fait marché avec un homme
pour conduire le cheval de Fortarigue jusqu'à
un endroit où il étoit sûr de trouver un autre
compagnon de voyage. Mais lorsqu'il veut
payer son hôte, il ne trouve plus sa bourse.
Reproches inutiles, vaines recherches, grande
rumeur dans l'auberge ; enfin le bénin Fortarigue, nu en chemise, arrive et dit à Anjollier
du ton le plus modéré et le plus familier :
« Quoi, mon cher ami, vous partez déjà ;
» attendez quelques momens ; j'ai mis mon
» habit et ma valise en gage pour quelques
» ducats ; le prêteur va revenir et assurément
» il me donnera du gain, de peur de perdre

» son argent : ne manquons pas une si belle
» occasion. » Pendant cette belle harangue, à
laquelle Anjollier ne comprenoit rien du tout,
quelqu'un lui disoit à l'oreille : « Certaine-
» ment, c'est ce drôle-là qui vous a volé, car
» il vient de perdre, en peu d'heures, une
» grosse somme. » Rien n'étoit plus vraisemblable ; Anjollier entre en fureur ; mais le
fripon, feignant toujours de croire que des
reproches si injurieux ne pouvoient s'adresser
à lui, disoit, avec un sang-froid digne de
Satan : « Mon cher Anjollier, pourquoi t'em-
» porter ainsi ? tu perds la tête : que gagne-
» rons-nous à toutes ces folies ? allons au
» solide, finissons notre affaire. » Le ton de
confiance et de modération qu'il prenoit en
imposoit aux spectateurs, que la violence
d'Anjollier prévenoit contre lui ; enfin celui-ci
bien convaincu qu'il étoit inutile de rester plus
long-temps, tourne bride et part sans ajouter
un mot.

Fortarigue, toujours avec la même gravité,
se retourne du côté de l'hôte : « Mon cheval
» vous sert de caution, lui dit-il, je cours
» après cet homme, il faut bien que je par-
» vienne à lui faire entendre raison. » Aussitôt il se met à poursuivre de toute sa vitesse

Anjollier, qui, déjà assez éloigné pour se croire débarrassé de son démon, laissoit son cheval reprendre le pas. Fortarigue le suivoit de près, en se cachant de lui, jusqu'à ce qu'il trouvât une occasion favorable de consommer son projet, lorsqu'apercevant de loin des paysans qui travailloient dans la campagne : « *Arrête, arrête*, s'écrie-t-il alors. . . arrêtez » ce malheureux qui vient de me dépouiller ! » Les paysans accourent à ces cris, coupent le chemin à Anjollier, et le forcent d'attendre Fortarigue. . . . « O mes amis ! dit celui-ci en » arrivant tout essouflé, et jouant son rôle » d'après nature, quel service vous me rendez ! » ce scélérat, cet infâme, après avoir perdu » tout ce qu'il avoit, m'a pris tous mes effets » pendant que je dormois, et sans vous je » me trouverois nu, et privé de toutes res- » sources. » En vain Anjollier attestoit le ciel de la friponnerie du maraut. Comment soup-çonner celui qui poursuit, et croire celui qui fuit ? Les paysans pensèrent assommer le pau- vre Anjollier et le firent descendre de cheval ; Fortarigue le dépouilla nippe à nippe de tout ce qu'il portoit ; et l'infortuné voyageur, n'osant retourner à Sienne, fut obligé de s'acheminer, en chemise, et nu-pieds, vers

le premier endroit où il espéra trouver des
secours ; tandis que le fripon se vantoit partout qu'il avoit gagné au jeune Siennois son
cheval et sa valise.

N E U V I E M E   N O U V E L L E.

ROGER DE FIGIOVAN (1).

JE crois, Mesdames, dit Philomène, que le reproche indirect que Philostrate vient de nous faire, aura parlé à votre conscience comme à la mienne, et qu'après tant de traits de malignité, vous serez bien aises d'en entendre un de générosité.

Roger de Figiovan se distingua parmi les chevaliers que Florence a produits, par toutes les qualités dignes d'estime, et les agrémens propres à séduire. Cet excellent officier ressentoit une ambition proportionnée à ses talens, et la Toscane lui paroissant un trop petit théâtre, il résolut d'aller servir sous Alphonse, roi d'Espagne, dont la réputation effaçoit celle de tous les princes de l'Europe. Figiovan fut accueilli à la cour de Madrid, rendit plus d'un service au souverain, s'illustra par plus d'une action d'éclat, et acquit une très-belle réputation. Mais le plus grand

_____

(1) Cette nouvelle est la première de la dixième journée du Décaméron.

nombre des rois, et même la plupart des
hommes donnent sans générosité et reçoivent
sans reconnoissance; parce qu'il est rare que
le bienfait tombe sur le mérite, sur le besoin,
et plus encore qu'il le prévienne. Alphonse,
obsédé, comme tous les autres princes, dis-
tribuoit souvent fort mal ses dons, et lui-
même ne l'ignoroit pas. Roger étoit trop fier
pour demander; mais trop fier aussi pour ne
pas sentir ce qu'il méritoit. Irrité d'attendre si
long-temps les distinctions qu'il croyoit lui
être dues, il pensa que cet oubli blessoit son
honneur, demanda son congé, et l'obtint.
Le prince magnanime réfléchit sur ce qui pouvoit lui avoir aliéné le cœur de Roger, et
voulant le regagner, il chargea un gentilhomme de confiance de suivre le Florentin
jusqu'à la frontière, et de le lui ramener avec
un journal de tous les sujets de plainte qu'il
pourroit articuler. Cette commission fut exé-
cutée avec beaucoup d'exactitude et d'adresse.
Roger, très-mécontent, et d'un naturel fort
ouvert, ne fit pas long-temps attendre à son
observateur les déclamations les plus violentes
sur l'ingratitude du roi. Quand son compagnon en eut assez entendu, il lui montra un
ordre d'Alphonse qui lui enjoignoit de se ren-

dre aussitôt à la cour. Le gentilhomme Italien
retourne étonné, mais préparé à tout.

Roger, lui dit le roi déjà bien informé,
vous vous plaignez de n'avoir pas été récompensé de vos services? — Sire, répondit Roger,
ceci demande quelque explication ; je ne me
plains point de n'avoir eu aucune part à vos
dons ; mon unique ambition a été de les mériter ; mais je gémis de ce que cet oubli paroît
déposer contre ma conduite. — Votre distinction, reprit le roi est subtile, et ne change
rien du tout à ce que je dis : vous vous plaignez
de n'être pas récompensé ; j'ai plus d'une manière de me défendre, et je pourrois vous dire
d'abord que tant de circonstances concourent
et se croisent quelquefois dans les moindres
grâces, qu'il me seroit assez difficile à moi
leur distributeur, de dire comment et par qui
elles sont accordées. Je puis ajouter qu'il est
des hommes dont on ne surmonte pas aisément
la destinée, et je vous en offre la preuve. Voici
deux cassettes ; l'une contient ma couronne,
mon sceptre et mes bijoux les plus précieux ;
l'autre est remplie de terre ; prenez celle qu'il
vous plaira, je vous la donne.... Roger obéit
et choisit le coffre qui ne contenoit que de la
terre. Alphonse le fait ouvrir à l'instant, et

dit : « Vous voyez, Roger, que c'est votre étoile
» et non pas moi qui suis injuste envers vous.
» Mais je ne prétends point borner ma ven-
» geance à cette épreuve, j'ai ouï-dire qu'un
» roi de Perse avoit à la tête de ses armées
» un général dont la valeur et les talens étoient
» le bouclier de l'état. Après avoir servi long-
» temps son maître, il fut accusé de vouloir
» le trahir. Le prince consulta ses visirs ; tous
» furent d'avis qu'il falloit charger de chaînes
» le traître. Le roi parut se rendre à leur opi-
» nion. Le lendemain, il fit venir l'accusé et
» le combla de bienfaits. La confiance et la
» bonté du monarque touchèrent ce général
» et le lui assurèrent pour jamais. Alors le
» roi appela ses visirs : j'ai suivi votre avis,
» dit-il, et j'ai enchaîné celui dont nous nous
» méfions avec le lien le plus fort ; il faut des
» chaînes pour les mains, pour les pieds,
» pour le corps ; il ne faut qu'un bienfait pour
» attacher le cœur qui commande à tout le
» reste. »

» Roger, je pense comme ce prince : vous
» ne m'avez pas trahi ; mais vous m'avez fait
» une double injustice en me taxant d'ingrati-
» tude, et en m'ôtant l'un de mes meilleurs
» généraux. Que cette cassette soit à vous en

» dépit du sort qui veut vous la dérober,
» choisissez dans les charges vacantes celle qui
» vous convient le mieux, et restez ensuite en
» Espagne ou retournez en Toscane, à votre
» volonté. »

Roger, pénétré d'admiration et de reconnoissance, se prosterna aux pieds du monarque, et consacra à son service le reste de sa vie.

DIXIEME NOUVELLE.

GUINOT DE TACCO (1).

OUI, sans doute, dit Laurette, Alphonse avoit deviné. La haine, la colère, la vengeance ne pensent qu'à assouvir leurs désirs présens ; mais, le plus souvent, l'avenir fait leurs malheurs. Rien ne séduit un grand cœur comme la générosité, parce qu'il ne veut pas être vaincu. Un homme né avec de l'élévation dans l'âme, cherche, à force de services, à diminuer la supériorité que son bienfaiteur s'est acquise. La bienfaisance est un plaisir délicieux, elle est encore un très-bon calcul. Tâchons de le prouver par un nouvel exemple.

Guinot de Tacco étoit né avec de grands talens ; un caractère impétueux qui n'excluoit pas la prudence, une activité prodigieuse et une audace sans bornes. Le flux et reflux des factions l'avoient engagé dans le parti contraire aux comtes de Saint-Flour (2). Per-

_____

(1) C'est ici la deuxième nouvelle de la dixième journée du Décaméron.

(2) J'ai cru qu'il étoit plus convenable de présenter

sécuté, ruiné, chassé de la ville de Sienne;
il étoit parvenu à faire révolter celle de
Rudicofani contre la cour de Rome. Il s'y étoit
fortifié, mettoit le pays à contribution, et
arrêtoit tout ce qui avoit quelque relation
avec le souverain pontife. Les courtisans du
saint Père appeloient Tacco un brigand : les
hommes sans partialité gémissoient que le sort
eût réduit à une telle situation un homme fait
pour honorer tous les rangs et toutes les
places.

Cependant l'abbé de Clugny s'étoit rendu à
Rome, pour y faire sa cour à Boniface VIII,
qui occupoit alors le saint siége. La vie délicieuse que l'on menoit dans la métropole du
monde chrétien altéra bientôt sa santé; et les
médecins décidèrent qu'il falloit recourir aux
eaux de Sienne. L'abbé de Clugny part avec
une suite grande et somptueuse; sans trop
s'embarrasser, malgré les avis, du voisinage
du brigand, et dédaignant de lui demander un
passe-port. Ce prélat jouissoit d'un haute réputation de justice et de générosité, et Tacco

---

sous ce jour un homme dont on va raconter des procédés très-nobles, que de le donner, comme Boccace,
pour un voleur de grand chemin.

avait beaucoup de considération pour lui;
mais il étoit piqué d'être jugé comme un
homme sans conséquence, que l'on pouvoit
mépriser et braver impunément. L'habile
Siennois tendit une embuscade au prélat où
tout son cortége se trouva enveloppé. Alors,
sans exercer la moindre violence, et tandis
que des soldats contenoient l'escorte, un officier s'avance et prie respectueusement l'abbé
de Clugny de faire l'honneur à son maître de
descendre chez lui. — Je n'ai rien à démêler,
répondit le prélat irrité, avec celui que vous
appelez votre maître, et je ne crois pas que
personne soit assez hardi pour s'opposer à
mon passage. — Monseigneur, ce n'est point
de hardiesse que nous manquons ; mais Tacco
auroit voulu ne pas vous déplaire. Cependant
j'ai mes ordres, et vous daignerez me suivre
dans une maison où les foudres ecclésiastiques
sont peu redoutées...... — Il fallut céder à la
nécessité, et l'abbé très-affligé, très-inquiet,
se rendit chez Tacco.

Celui-ci, sans se nommer, reçoit le prélat
au nom du maître de la maison; tandis que
tous les gens de sa suite sont traités avec des
égards proportionnés à leur rang : « Mon
» maître m'a chargé, dit-il, de vous donner

» tous mes soins et les secours nécessaires à
» votre état. Il n'ignore pas que c'est pour un
» dérangement de santé que les charlatans de
» Rome vous envoyent à Sienne; mais il ose
» se promettre que le traitement que vous
» recevrez ici aura plus de succès que les
» ordonnances de tous les médecins du monde.
» La sobriété et l'exercice, monseigneur,
» voilà les seules ressources infaillibles d'un
» estomac délabré. J'aurai l'honneur de vous
» conduire dans tous les lieux où vous pour-
» rez, par une promenade agréable, procurer
» de l'élasticité à vos ressorts affoiblis, et
» quant à votre régime, j'en répondrai de
» même; car nul autre que moi ne vous
» servira. »

L'abbé de Clugny étoit assez étonné de se
voir contraint de faire chez Tacco un cours
de morale et de tempérance. Les effets avoient
suivi les paroles. Ses repas respiroient une
excessive frugalité; on le faisoit marcher plus
qu'il ne vouloit : d'ailleurs, la seule personne
qu'il voyoit lui montroit toutes sortes d'égards,
beaucoup d'esprit et tous les agrémens qui
embellissent la société. Sur le seul article de la
sobriété le mentor étoit d'une rigueur inflexi-
ble; l'abbé s'en plaignoit, et Tacco toujours

travesti, plaisantoit...... « N'écoutez pas, lui
» disoit-il, Epictète ou Sénèque, dont les
» sentences outrées ne persuadent ni ne tou-
» chent ; mais donnez du moins quelque
» confiance à ce bon Horace qui, quoique
» séduit dans la pratique par la doctrine
» d'Aristippe, fait avec tant de finesse l'éloge
» de la morale d'Épicure. Mes amis, la sobrieté
» est une grande vertu, écrivoit-il, au milieu
» de la cour sensuelle d'Auguste. Ce n'est
» pas moi qui le dis, c'est un campagnard
» sans études, qui n'a d'autre philosophie que
» le bon sens. Recevez de lui cette excellente
» maxime que vous n'apprendrez point dans
» ces repas somptueux où la table est chargée
» d'un grand nombre de mets, où les yeux
» sont surpris de l'éclat d'une folle magnifi-
» cence, où l'esprit disposé à recevoir de
» fausses impressions, ne laisse aucun accès à
» la vérité. C'est à jeun qu'il faut examiner
» cette matière. Et pourquoi à jeun ? J'en
» dirai la raison, si je puis : ne seroit-ce pas
» qu'un juge corrompu est peu en état de
» prononcer sur une affaire (1) ? »

_____

(1) Quæ virtus et quantas boni, sit vivere parvos
(Nec meus hic sermo est, sed quæ præcepit Ofellus,
Rusticus, abnormis sapiens, crassâque Minervâ)

4.   4

L'abbé s'étonnoit (et ne s'en cachoit pas)
de trouver chez un homme qu'il regardoit
comme un bandit, un domestique rempli de
connoissances et d'esprit : le prétendu domestique défendoit son maître avec beaucoup
d'énergie et d'honnêteté. « Comme les préjugés
» aveuglent les hommes les plus éclairés et
» les plus équitables ! disoit-il. Vous appelez
» Tacco, un révolté, un brigand, parce qu'il
» résiste à l'oppression, parce qu'il se main—
» tient, malgré ses persécuteurs, au sein de
» son pays, et qu'il y ménage un asile contre
» la tyrannie. Dans toute autre circonstance
» vous feriez beaucoup d'estime de son cou-
» rage et de sa dextérité, et parce que vous
» êtes attaché à la cour ecclésiastique, vous
» le traitez avec un mépris insultant ; ainsi
» donc à votre avis, celui qui par éducation,
» par habitude, par intérêt ou par crainte,
» rampe paisiblement à Rome sous un sceptre
» de fer, est un homme d'honneur ; et celui

Discite, non inter lances mensasque nitentes,
Quum stupet insanis acies fulgoribus, et quum
Acclinis falsis animus meliora recusat :
Verum hic impransi mecum disquirite. Cur hoc ?
Dicam si potero. Male verum examinat omnis
Corruptus judex.
(Horat. *Sat.* 2, L. II).

» qui n'obéit ni aux préjugés, ni à l'imitation,
» ni aux lois, à ces lois qui arment les puis-
» sans et terrassent les foibles; mais qui pen-
» sant, parlant et agissant avec noblesse est
» son propre législateur à lui-même, défend
» les opprimés et humilie les orgueilleux,
» celui-là est un homme criminel!....» J'espère que Tacco saura vous réconcilier avec lui;
ce dont je suis bien sûr, c'est que vous ne pourrez, si vous êtes juste, que vous louer de ses
procédés. — Mais, où est-il donc ce Tacco?
dit l'abbé, toujours plus étonné. — Il ne veut
vous voir que quand vous serez parfaitement
guéri. — Certes, il ne me manque pour l'être
que de me voir hors de ses mains. J'ai le
meilleur appétit du monde ; je me porte à
merveille ; mais je ne m'amuse point du tout
de ma prison. — Eh bien, seigneur, demain
vous serez libre.

Le lendemain, en effet, l'abbé se voit entouré de tous ses gens qui se louent à l'envi
des traitemens qu'ils ont reçus. On lui sert un
magnifique repas, dans une salle où tout son
bagage étoit déposé. Ses chevaux et son cortége
étoient dans une cour sur laquelle la salle
avoit vue...... Quand vous plaît-il de monter
à cheval? dit Tacco au prélat. — A l'instant

4.

même, répond l'abbé; mais j'ai un vif regret
de ne point voir celui dont je n'attendois pas
des procédés si nobles, et que je voudrois
remercier. — Seigneur, je suis ce Tacco, qui
ne pouvoit pas se sentir offensé du jugement
que vous portiez de lui, tandis que sa conscience le démentoit. Excusez le déguisement
que j'ai pris; j'étois incapable de confier à un
autre le soin de quelqu'un pour qui j'avois
tant de respect; mais je ne voulois pas augmenter votre chagrin, ni vos préventions, en
offrant à vos yeux celui que vous regardiez
comme un scélérat; partez, seigneur : puissé-
je vous avoir guéri d'un préjugé bien triste
pour moi, comme des douleurs pour lesquelles vous aviez entrepris votre voyage!....
L'abbé de Clugny, honteux et reconnoissant,
embrassa Tacco, lui jura dévouement, estime
et gratitude, et retourna à Rome, où il n'eut
point de repos qu'il ne fût parvenu à faire
rentrer son généreux hôte en grâce avec le
souverain pontife, qui donna au brave Siennois
des emplois dignes de ses talens.

La vengeance de Tacco (car c'en étoit une
que de faire jeûner un riche abbé) parut
plaisante et noble. Chacun applaudit à sa
conduite, à ses procédés; et Laurette à qui

Émilie résigna sa couronne, dit qu'elle par-
tageoit le goût du noble Siennois pour la
liberté ; en conséquence elle rendit à ses sujets
le pouvoir de disposer d'eux comme ils l'en-
tendroient pour la soirée, et déclara qu'elle ne
prétendoit prescrire rien qui génât les récits
du lendemain ; chacun racontera, dit-elle, ce
qui lui plaira, et je m'en rapporte à Dioné,
pour que nous ne nous quittions pas sans
avoir ri.

NOUVELLES

DE

JEAN BOCCACE.

NEUVIÈME JOURNÉE.

La société n'étoit point encore rassemblée ,
et la plupart de ceux qui la composoient
avoient déjà reçu des nouvelles qui les appel-
loient loin de ce beau lieu , où l'amitié ,
l'amour et mille plaisirs divers s'empressoient
à l'envi de les retenir. Chacun apprit avec
regret cette révolution , plus importante pour
ce petit cercle d'heureux, que celles qui exer-
cent les historiens et les politiques. On résolut
de jouir du moins de cette dernière journée ,
et de renvoyer au lendemain les affaires. C'est
au moment de se séparer que des amis sont
plus chers l'un à l'autre ; aussi ne se quitta-t-
on pas de tout le jour, et l'on auroit oublié
jusqu'aux historiettes, si la reine, s'apercevant
que l'idée d'une séparation prochaine attristoit

tout le monde, n'avoit, pour faire diversion, rappelé à ses sujets leur serment d'obéissance et la loi non abrogée à laquelle la société devoit une partie de ses plaisirs.

PREMIERE NOUVELLE.

L'AMANT GÉNÉREUX. (1).

Si la générosité, dit Néiphile, désignée pour parler la première, est le dévouement de ses

---

(1) C'est ici la quatrième nouvelle de la dixième journée du Décaméron. La troisième que j'omets est un conte d'une absurdité qn'il est impossible de pallier. Un Chinois, nommé Nathan, homme fort riche et très-généreux, avoit fait bâtir un palais tout exprès pour recevoir les voyageurs, qu'on y traitoit avec une extrême magnificence. Mitridanes, autre Chinois, avoit imité cet exemple. Une femme lui demanda l'aumône treize fois de suite, et à la treizième fois, Mitridanes paroît étonné de la voir si souvent. Celle-ci lui fait honte de ce reproche, en lui disant qu'elle a demandé jusqu'à trente-deux fois l'aumône à Nathan, et qu'il l'a satisfaite autant de fois, sans feindre de la reconnoître. Mitridanes humilié conçoit le dessein de tuer Nathan, afin que la renommée de cet homme ne porte pas préjudice à la sienne. Il va chez son compatriote, parle à lui-même sans le connoître, lui confie son projet, et lui en explique le motif; ce qui, comme on voit, est aussi vraisemblable que prudent. Le vieux Chinois dit froidement à ce méchant homme que Nathan va se promener tous les matins dans un bois

intérêts, qui s'est montré plus généreux que
l'amant dont je vais vous raconter l'histoire ?
Il sacrifia ses désirs les plus chers et peut-être
ses droits les plus précieux à la volonté de
celle qu'il aimoit. Je sais que l'obéissance à
nos devoirs doit le plus souvent s'appeler
simple honnêteté, et que ce n'est qu'au-delà
de ces devoirs que commence la générosité;
mais il en est qui combattent tellement nos
passions les plus puissantes, qu'il faut peut-

---

voisin, où il pourra aisément le surprendre et le mas-
sacrer; ensuite il lui enseigne le chemin par lequel il
pourra se dérober avec vîtesse et sûreté à toutes poursuites. Le lendemain, Nathan se trouve fidèlement au
rendez-vous. Mitridanes le reconnoît au moment où il
alloît lui trancher la tête, et tombe à ses pieds. Nathan
le relève, le console, l'assure « qu'il est tout simple
» d'avoir l'ambition de l'assassiner pour acquérir la
» réputation du meilleur des hommes; que tout cela
» provient d'un principe de vertu; qu'ainsi il a le cœur
» véritablement grand; que les conquérans les plus
» illustres ont fait périr des millions d'hommes, au lieu
» que lui Mitridanes n'en vouloit tuer qu'un, etc. etc. »
car cette harangue est fort longue dans Boccace; et si
quelqu'un croyoit que j'exagère, il peut le consulter.
J'avoue que ce conte m'a paru si ennuyeux, que je
n'ai pas même eu le courage de penser à le mettre en
français.

être accorder la palme de cette vertu à ceux qui ont le courage de les remplir.

Un gentilhomme Boulonnois, nommé Caris_cendi, aimoit depuis plusieurs années une femme charmante qui n'avoit jamais encouragé sa passion du moindre espoir. Le chagrin de trouver indifférente celle qui étoit l'objet de ses désirs, la douleur de la voir passer dans les bras d'un époux que sa famille lui choisit; et qui, sans inspirer, ni ressentir de tendresse, profana les trésors de l'amour, éloigna Caris-cendi de sa patrie. Il voyagea dans diverses villes d'Italie. Il étoit à Modène depuis quelques mois, lorsqu'il apprit que la belle Catherine venoit de mourir. A cette nouvelle affreuse Cariscendi éprouva une douleur presqu'aussi profonde que s'il n'eut pas dès long - temps renoncé à toute espérance de toucher l'ingrate, et poussé par les sombres délires de son imagination, ou plutôt par la main invisible qui enchaîne les événemens de ce monde, il monte à cheval, suivi d'un valet sûr, et va droit au tombeau qui renfermoit son amante; il y pénètre en gagnant l'homme qui fermoit l'église et se repaît d'un si lugubre spectacle. Cariscendi presse dans ses bras ce corps inanimé; il l'arrose de ses larmes; il le couvre de

caresses douloureuses, et comme si l'empreinte de ses lèvres brûlantes eût réchauffé
la vie dans le sein de l'infortunée Catherine,
il croit sentir battre son cœur...... Quel soup-
çon pour un amant!.... « Ah! s'écrie Caris-
» cendi, n'est-ce qu'une illusion cruelle? ou
» le ciel me destineroit-il à l'arracher des
» bras de la mort?..... » Animé par un si
foible, mais si précieux espoir, il porte la
main sur le cœur de Catherine, s'assure qu'il
conserve encore des mouvemens; qu'il couve
un reste de chaleur; aussitôt il appelle son
domestique; aidé de son secours il enlève du
tombeau cette femme qu'une léthargie profonde avoit fait croire morte, il la place doucement à cheval, et veillant lui-même sur un
dépôt si cher, il arrive chez lui, et confie son
aventure à sa mère. A l'instant elle envoye
chercher un chirurgien habile et discret : il
prodigue à Catherine tous les secours de son
art; peu à peu cette femme en qui luttoient les
ressources de la jeunesse, recouvre quelque
mouvement et la faculté de respirer; enfin elle
ouvre les yeux, et jetant autour d'elle des
regards égarés...... Où suis-je, dit-elle, où
suis-je? — Soyez tranquille, lui répond la
mère du jeune homme, vous êtes chez des

gens d'honneur qui regardent comme leur plus beau jour celui où ils parviennent à vous rappeler à la vie.

Catherine étoit encore trop foible pour faire beaucoup de réflexions sur ces paroles; mais quand elle eut repris toute sa connoissance, étonnée de voir au chevet de son lit un jeune homme, dont elle n'ignoroit pas les sentimens, et qu'elle avoit toujours tenu à la plus grande distance, elle lui demande par quel hasard elle est dans la même maison que lui. Alors, Cariscendi lui raconte avec beaucoup de ménagemens et de douceur le service qu'il a été assez heureux pour lui rendre. Catherine pénétrée d'étonnement et de reconnoissance, mais inquiète de sa réputation, lui dit : Je sens autant qu'il est possible, monsieur, ce que je dois à vos soins généreux; mais j'ose vous supplier de ne pas laisser lieu de croire que vous ayez reçu d'un si grand bienfait un prix que je n'en voudrois pas donner. Je suis bien jeune; on n'ignore pas que vous m'avez montré quelque attachement. La calomnie ne respecte rien, pas même l'amitié la plus pure et la mieux méritée. Souffrez donc que je retourne chez moi. Ah! le plaisir de changer le deuil de ma famille en allégresse m'y rappelleroit seul et je n'y serai

jamais assez tôt. — Belle Catherine, lui dit
Cariscendi, toutes les fois que j'ai osé vous
déclarer l'impression que vous avez faite sur
mon cœur, vous m'avez interdit toute espérance, et j'y ai renoncé de bonne foi; bien
que j'aie conservé des sentimens que leur
constance suffit pour faire excuser. Ce n'est
pas dans un moment où j'ai le bonheur de
vous avoir rendu un service, que l'espoir
renaîtroit dans mon cœur; je tremblerois d'être
soupçonné de la lâcheté de mettre à prix votre
retour à la vie. Rendez donc justice à mes
sentimens, à mes principes, à l'affection aussi
pure et respectueuse que tendre et durable que
je nourrirai pour vous à jamais dans mon âme,
et ne sacrifiez pas à la crainte puérile des
propos dés méchans, votre sûreté et celle de
l'enfant que vous portez dans votre sein. Il ne
peut qu'avoir beaucoup souffert de la cruelle
méprise qui a pensé vous coûter la vie. Votre
santé est encore chancelante, vous seriez
téméraire et coupable de l'exposer aux émo-
tions trop vives qu'un retour subit dans votre
famille vous causeroit certainement; en un
mot je vous demande une récompense, et j'ai
quelque droit de n'être pas refusé; c'est que
vous restiez chez ma mère jusqu'après votre

délivrance. Cette digne et respectable femme a été et sera votre témoin. Quant à moi, je pars à l'instant pour Modène, d'où je ne reviendrai que rappelé par vous-même, et ce sera lorsque vous serez rétablie. Alors je vous rendrai à votre mari devant vos parens et ses amis, et l'on verra que l'attachement pur et respectueux que vous m'avez inspiré est digne de vous.

Quelque empressement que la belle Catherine eût de retourner chez elle et de dissiper la douleur de sa famille, elle crut que la complaisance qu'on lui demandoit étoit le moins qu'elle pût accorder à son bienfaiteur, et remplit exactement ses engagemens. Peu de temps après le départ du jeune homme, elle mit au monde un bel enfant qu'elle allaita elle-même, et sa délivrance ayant été très-heureuse, elle fut bientôt rétablie. Cariscendi, averti par sa mère, la prie de faire préparer un repas splendide et d'y inviter l'époux de Catherine avec sa famille, promettant de se trouver à Boulogne pour y recevoir tous les convives. Il n'y manqua pas, et prévint d'abord sa jeune amie sur la conduite qu'elle devoit tenir.

On se met à table; Catherine ne s'y étoit pas placée. Quand les premiers services eurent disparu, et que la conversation commença à devenir générale, Cariscendi élevant la voix dit : « Je me rappelle une coutume des anciens » Perses que je veux imiter dans un festin » où j'ai rassemblé les personnes pour qui j'ai » le plus de considération et d'attachement. » Lorsque quelque citoyen vouloit dans ce » pays donner à son ami une preuve touchante » de son affection, il le faisoit venir chez » lui, et lui montroit ce qu'il avoit de plus » précieux, fût-ce sa femme ou sa fille. » Cette confiance étoit une manière convenue » de dire qu'il n'avoit pour lui rien de caché. » Vous m'avez fait l'amitié de venir chez moi, » je veux vous en remercier à la manière des » Perses...... » Aussitôt il fait prier Catherine de paroître ; elle se montre dans tout l'éclat de la beauté et de la parure : et portant sur son sein son enfant beau comme le jour.... « Voilà, » dit Cariscendi, ce que j'ai de plus cher et ce » qui me le sera toujours...... » Tout le monde admire cette jeune personne et plus on l'observe, plus on lui trouve de ressemblance avec cette Catherine que l'on pleuroit encore, et trop sincèrement pour qu'il pût rester le moindre doute de sa mort. Son mari plus de sang-froid que les autres, et par cela même

plus attentif, s'approcha d'elle : « Oserois-je
» vous demander, lui dit-il, si vous êtes
» Boulonnoise ou étrangère? (Cette question
» embarrassa beaucoup la belle, attendrie;
» mais elle garda le silence pour observer
» fidèlement sa promesse.) Ce bel enfant est-il
» à vous?..... (Pas un mot)...... Je suis
» peut-être indiscret, mais l'intérêt que vous
» inspirez excite la curiosité, et j'aurois désiré
» pour l'honneur de notre patrie que vous
» fussiez notre compatriote...... » (Catherine
s'obstine à se taire.) Son mari un peu piqué,
dit au reste des convives: Cette dame est parfaitement belle, je l'avoue; mais il est malheureux qu'elle soit muette?...... — A ces mots
Cariscendi prend la parole et dit : C'est un effort
digne d'elle que d'observer dans de telles circonstances le silence auquel elle s'est engagée....
Je répondrai pour cette dame; mais promet-
tez-moi tous de ne pas sortir de vos places
que je n'aie cessé de parler; on le lui promit.

   « Monsieur, dit-il au mari de Catherine,
» vous n'ignorez pas combien et combien
» inutilement j'ai chéri la femme que vous
» avez perdue. Il y a long-temps que ma
» passion pour elle avoit déjà pris l'empreinte
» de tout le respect que sa vertu m'a inspiré;

4.   5

» c'étoit pour le lui témoigner et lui rendre
» un hommage digne d'elle que j'avois quitté
» ce pays. Le bruit de sa mort m'y a rappelé.
» La douleur m'a conduit à son tombeau.
» Cette femme que vous pleurez conservoit
» encore un souffle de vie que j'ai réchauffé.
» Je suis parvenu à la porter chez moi à l'insu
» de tout le monde; je l'ai confiée à ma mère
» et par une suite de ma vénération pour cette
» Catherine, dont je n'avois jamais reçu que des
» refus, j'ai quitté aussitôt ma maison, laissant
» à celle qui m'a donné le jour le soin d'y
» rappeler la femme à qui je rends un culte
» au fond de mon cœur. Catherine a recouvré
» chez moi la vie et la santé; elle y est accou-
» chée d'un fils...... voilà la mère, voilà l'en-
» fant; je les ai tous deux arrachés des bras
» de la mort, du sein des tombeaux...... C'est
» ainsi que je sais aimer..... et c'est ainsi que
» Catherine est digne d'être aimée...... » En
achevant ces mots, il conduit la belle, baignée de larmes dans les bras de sa mère à
qui l'étonnement et la joie avoient presque
ôté la connoissance. Tous les convives jusqu'au
tiède époux partagèrent l'émotion, l'attendris-
sement, le charme d'un tel spectacle, et Cariscendi, se dérobant aux remercîmens de tant

d'heureux qu'il venoit de faire, quitta à l'instant cette ville que son cœur lui rendoit encore
trop chère. Quel amant plus généreux! Quel
ami plus respectable que celui qui fut capable
d'autant de délicatesse et de dévouement!

5.

SECONDE NOUVELLE.

LA FÊTE INGÉNIEUSE,
ET LE ROI GÉNÉREUX (1).

J E me rappelle, dit la reine, un trait noble et
digne d'une âme élevée, qui sans mériter d'être

---

(1) C'est ici la sixième nouvelle de la dixième journée
du Décameron. Je passe la cinquième, dont voici le
sujet. Un jeune homme très-amoureux d'une femme,
attachée à son mari, la tourmente de ses importunités
au point que pour s'en défaire, elle lui promet de
répondre à son amour, s'il parvient à élever au pied
de la ville d'Udine, dans les montagnes du Frioul, un
jardin qui soit, au mois de janvier, rempli de fruits,
de fleurs et de verdure. Le jeune homme cherche à
grands frais un nécromancien assez habile pour satisfaire à cette demande ; car il comprenoit fort bien
qu'il ne pouvoit y parvenir que par magie. Il en vient
à bout. Le jardin est construit, et la belle, sommée de
sa parole, désespérée d'un événement si inattendu,
avoue à son mari l'engagement indiscret qu'elle a con-
tracté. Le bon homme, qui a grand'peur du magicien, envoye sa femme à son amant, en lui disant ces
mots tout-à-fait comiques : *que le corps cède ; mais
que la volonté résiste.* (Per questa volta il corpo,
ma non l'animo gli comedi). La femme obeit, va

comparé à la générosité de Cariscendi, a des droits à nos éloges.

Charles premier, ce roi célèbre, vainqueur de Mainfroy, étoit aimable et galant, mais non moins généreux. Il avoit vu les filles d'un riche gentilhomme nommé Néri, qui, fatigué du tumulte des factions, s'étoit retiré dans une terre magnifique qu'il possédoit auprès de Florence, et dont les jardins sembloient destinés à étaler les merveilles de l'art et de la nature. Charles tentoit vainement d'attirer Néri à sa cour. Le brave chevalier revenu des erreurs de l'ambition et des passions, instruit par l'expérience et redoutant les rois et leurs faveurs, s'y refusoit avec autant de fermeté

---

trouver le jeune homme, lui exprime ses regrets, son désespoir, lui avoue les inquiétudes et les ordres de son mari. L'amant se pique de générosité, et la renvoie sans exiger rien d'elle. Je ne dirai pas comme le joyeux Arioste disoit de la vagabonde Angélique, qui, courant le monde auprès d'un amant passionné, prétendoit n'en avoir pas moins conservé son honneur sans la moindre altération.

Forse era ver, mà non pero credibile.

Mais je dirai que je n'ai pas cru pouvoir tirer de cette nouvelle un conte supportable.

que de respect ; car les instances que plusieurs
courtisans lui faisoient l'avertissoient assez que
la beauté de ses filles avoit été remarquée. En
effet elles étoient charmantes ; et toutes deux,
dans un genre différent de beauté, en réunis-
soient tous les avantages, embellies par les
talens les plus séducteurs et les roses de la
jeunesse : la plus âgée voyoit à peine commencer son quatrième lustre.

Les désirs de Charles, irrités par les obstacles dont l'aiguillon doit être plus vif encore
pour les rois que pour les autres hommes,
parce qu'ils y sont moins accoutumés, résolut
de pénétrer dans l'asile qui recéloit ces jeunes
beautés, et fit dire à Néri qu'il iroit un tel
jour lui demander à souper. Le sage chevalier
prit son parti et projetant de donner au roi,
au milieu des hommages les plus galans, les
plus nobles et les plus respectueux, une leçon
qui ne pût échapper à sa grande âme ; il le fit
supplier que la reine daignât honorer ainsi
que lui sa retraite de son auguste présence.
Charles qui vouloit gagner Néri par ses com-
plaisances et qui espéroit peut-être le trouver
moins sur ses gardes, au milieu des fumées de
l'orgueil que pouvoit inspirer un honneur aussi
extraordinaire à un simple particulier, con-

sentit à tout, et engagea la reine à le suivre au château de Néri.

Dans un magnifique salon (1) entouré d'une galerie où plusieurs instrumens étoient distribués, on avoit dressé une table tout-à-fait vuide. Au moment où le roi et la reine parurent, on vit Jason et les Argonautes s'avancer fièrement sur une symphonie guerrière; ils portoient la fameuse toison d'or, dont ils couvrirent la table, après avoir dansé une entrée qui exprimoit leur admiration à la vue d'une princesse si belle et d'un prince si digne de la posséder.

Cette troupe céda la place à Mercure, qui chanta un récit dans lequel il racontoit l'adresse dont il venoit de se servir pour ravir à Apollon, alors humble berger d'Admète, un veau gras

_____

(1) Cette fête est celle que Bergome de Botta, gentilhomme de Lombardie, donna à Tortonne vers l'année 1480, à Galéas, duc de Milan, et à la princesse Isabelle d'Arragon, son épouse. C'est là l'époque où commencèrent les carrousels réguliers, les opéras, les grands ballets à machines, les allégories, et c'est aussi la source d'où ils sortirent. J'ai cru pouvoir adapter à cette nouvelle très-froide et peu décente, dans Boccace, une fête de ces temps reculés, remplie de galanterie, d'imagination et de variété.

dont il faisoit hommage aux époux. Pendant qu'il le mit sur la table, trois quadrilles qui le suivoient exécutèrent une entrée.

Diane et ses nymphes succédèrent à Mercure. La déesse étoit suivie d'un brancard doré, sur lequel on voyoit un cerf : « C'étoit, disoit-elle, » un Actéon trop heureux d'avoir cessé de » vivre, puisqu'il alloit être offert à une » nymphe si aimable et si sage. »

Une symphonie mélodieuse attire l'attention : elle annonce le chantre de la Thrace. On le voit jouant de sa lyre : il chante les louanges de la reine : « Je pleurois, dit-il, » sur le mont Apennin la mort de ma tendre » Eurydice, j'ai appris l'union de deux amans » dignes de vivre l'un pour l'autre, et j'ai » senti pour la première fois , depuis mon » malheur, quelque mouvement de joie. Mes » chants ont changé avec les sentimens de » mon cœur. Une foule d'oiseaux a volé pour » m'entendre, je les offre à la plus belle prin- » cesse de la terre, puisque mon Eurydice » n'est plus. »

Des sons éclatans interrompent cette touchante mélodie. Atalande et Thésée conduisent avec eux une troupe leste et brillante, et représentent par des danses vives une chasse à

grand bruit : elle est terminée par la mort du
sanglier de Calydon, qu'ils offrent au roi en
exécutant des ballets de triomphe.

Un spectacle magnifique succède à cette
entrée pittoresque. On voit d'un côté Iris
(c'étoit l'aînée des filles de Néri) sur un char
traîné par des paons, et suivie de plusieurs
nymphes vêtues d'une gaze légère. Elles portent des plats couverts de ces superbes oiseaux.

La jeune Hébé (c'étoit la cadette) paroît
de l'autre, portant le nectar qu'elle verse aux
dieux ; elle est accompagnée de Vertumne et
de Pomone qui servent toutes sortes de fruits,
et des bergers d'Arcadie chargés de toutes les
espèces de laitages.

Dans le même temps l'ombre du délicat
Apicius sort de la terre ; il vint prêter à ce
superbe festin les finesses dont l'invention lui
acquit la réputation du plus voluptueux des
Romains.

Ce spectacle disparoît, et il se forme un grand
ballet composé des dieux de la mer et de tous
les fleuves de l'Italie. Ils portent les poissons
les plus exquis, et il les servent en exécutant
des danses de divers caractères.

Ce repas extraordinaire fut suivi d'un spectacle encore plus singulier, et dans lequel Néri

avoit mis plus d'intention. Orphée en fit l'ou-
verture, il conduisoit l'Hymen, dont l'aînée
des sœurs faisoit le rôle, et une troupe
d'Amours. Les Grâces qui les suivoient entou-
roient la foi conjugale (c'étoit l'autre Néri)
qu'ils présentèrent à la princesse, et qui s'offrit
à elle pour la servir. Dans ce moment Sémira-
mis, Hélène, Médée et Cléopâtre interrompent
la foi conjugale en chantant les égaremens de
leurs passions. Celle-ci indignée qu'on ose
troubler ses hymnes innocentes par des récits
coupables, ordonne à ces reines criminelles de
fuir. A sa voix les amours, dont elle est accompagnée, fondent sur elles par une danse vive
et rapide, les poursuivent avec leurs flambeaux allumés et mettent le feu aux voiles de
gaze dont elles sont coiffées.

Lucrèce, Pénélope, Thomiris, Porcie,
Sulpicie, les remplacent en présentant à la
princesse les palmes de la pudeur qu'elles
avoient méritées pendant leur vie. Leur danse
noble et modeste est adroitement coupée par
Bacchus, Silène et les Œgypans qui viennent se
mêler à la fête.

Le festin et les ballets allégoriques finis,
les tables sont enlevées : des amphithéâtres de
verdure et un parquet de gazon paroissent

alors comme par magie et le bal commence.
La reine, après la danse, passe dans les jardins,
embellis par mille guirlandes de fleurs natu-
relles , qui entrelacées avec une quantité immense de lustres de cristal et de girandoles
dorées , formoient des berceaux aussi riches
que galans. Enchantés de tant de spectacles si
inattendus et si variés, les deux époux louèrent
à l'envi l'invention, la conduite, l'exécution
de cette fête ingénieuse, et pressèrent Néri de
les mettre à même de lui prouver leur reconnoissance.

Sire, lui dit le noble chevalier, j'oserai
demander une grâce à votre majesté, puisqu'elle daigne m'encourager. Mes deux filles
ont partagé et secondé mon zèle ; leurs efforts
paroissent vous avoir intéressé. Je suis vieux ;
daignez - leur servir de protecteur et de père,
daignez prier votre auguste épouse de les
accepter à son service, et permettez que mes
enfans lui consacrent leur vie. — Sage Néri,
répondit Charles, vos vœux seront exaucés,
et je vous donne ma parole royale qu'en effet
je servirai de père à ces jeunes personnes trop
aimables pour que je ne m'empresse pas de
faire par elles deux heureux. Choisissez vos
gendres dans ma cour; nous nous chargeons de

la dot de vos filles ; et ceux que vous trouverez dignes de leur être unis vous devront leur fortune et ma faveur....... Néri se prosterna aux pieds du monarque et de son épouse. Délivré de toutes ses craintes, il leur abandonna le sort de ses enfans, sans que le généreux prince formât désormais un autre désir que celui de répondre à la confiance de cet honnête homme.

TROISIEME NOUVELLE.

LES DEUX AMIS (1).

CHARLES ne fut que juste, s'écria Pampinée;
je crois pouvoir dire cela sans qu'on m'accuse

---

(1) Cette nouvelle est la huitième de la dixième
journée du Décameron, que je substitue à la septième
de cette même journée. Il s'agit du roi Pierre d'Arragon, qui, instruit de l'amour qu'il avoit inspiré à la
fille d'un apothicaire, va la voir, se déclare son chevalier, et lui donne un baiser et un mari, ce qui guérit
la jeune personne de son amour, lequel apparemment
n'étoit pas très-enraciné. Ce conte m'a paru dépourvu
d'intérêt. Si la jeune Lise dont parle Boccace, étoit
aussi tendre que cette Thomassine Spinola, qui pria
avec une ingénuité charmante, Louis XII d'être son
Intendio; dédaigna, quand elle eut obtenu cette faveur, le commerce des mortels; rejeta avec mépris
les empressemens et les caresses de son mari; ne conserva d'autre plaisir que d'écrire souvent à son amant
pour lui parler de sa passion, ménager les intérêts de
sa patrie, indiquer au monarque de belles actions à
faire, des injustices à réparer, des malheureux à soulager; qui enfin, sur la fausse nouvelle de la mort de
ce bon roi, se priva de la lumière du jour, et fut consumée en peu de temps par une fièvre ardente, fruit

d'être Gibeline, et de ne rien approuver de ce qu'a fait le héros des Guelfes. Un prince, dont la vertu se borne à renoncer au métier de séducteur pour ne pas tromper la confiance d'un de ses sujets, est plutôt un souverain équitable que généreux. Je veux vous parler d'une action que je crois plus grande, quoique les acteurs en soient moins élevés. C'est le triomphe de l'amitié que je vais vous raconter; et si ses devoirs ne sont que ceux de la société humaine en général appliqués aux conventions mutuelles d'une liaison particulière, le sacrifice de nous-mêmes offert à un ami est un dévouement héroïque digne de notre admiration et de nos respects; car il n'est pas un devoir, quelques exagérations inapplicables aux usages les plus communs de la vie, que des spéculateurs ayent faites des obligations et des sentimens de l'amitié.

Publius-Quintus-Fulvius, noble et illustre Romain, avoit envoyé son fils apprendre dans

---

de sa douleur, dans la sombre retraite où elle s'étoit ensevelie; si j'eusse eu à raconter, dis-je, les amours et les malheurs d'une héroïne si intéressante, j'aurois tâché de n'être pas au-dessous de mon sujet; mais le plus court est d'abandonner ce que l'on désespère de faire valoir.

Athènes les arts et les sciences que les Grecs enseignoient à leurs vainqueurs (1), obtenant ainsi d'eux un tribut plus glorieux sans doute que celui qu'impose la force; tribut que l'Europe paye encore, en quelque sorte, à cette ville si fameuse qui fut le siége de la politesse et des lettres, le théâtre de la valeur et de l'éloquence, l'école publique de tous ceux qui ont aspiré à la sagesse; car nous devons à Athènes l'origine de nos lois, de nos sciences et de nos arts.

Le jeune Fulvius étoit recommandé aux soins d'un sage Athénien nommé Crémès, ancien ami de son père. Il logeoit chez lui, y recevoit la même éducation que ses enfans, et s'étoit lié de l'amitié la plus tendre et la plus intime avec Gisippe (ainsi se nommoit le fils de Crémès). Les frères les plus unis le sont moins que ces deux jeunes-gens, dont on citoit la conduite, l'attachement et les procédés. Nos parens tiennent à nous par des liens nécessaires; mais qui, plus rarement qu'on ne croit, enchaînent les cœurs. Nous tenons à nos amis par des liens volontaires qu'a formés la sym-

---

(1) Adjecere bonæ paulò plus artis Athenæ.

(*Horat.*)

pathie. Il est assez simple qu'un choix libre et réfléchi, soit plus cher et même plus respecté que celui du destin et de la nature.

Fulvius et Gisippe, remplis tous deux de goût, d'ardeur et de talens, se distinguoient dans leurs execices et leurs études, sans que les éloges qu'ils s'entendoient indistinctement prodiguer, fussent autre chose pour eux qu'un encouragement à mieux faire encore, afin de n'être pas indignes de leur ami. Nulle autre passion que l'amour de l'étude n'étoit venue distraire leur esprit et leur âme; et Crémès mourut sans que le jeune Athénien et le jeune Romain, counussent un autre bonheur que l'affection désintéressée fondée uniquement sur l'estime et la sympathie qui les unissoit l'un à l'autre. Peut-être ce sentiment ressemble-t-il assez à l'amour pour séduire les cœurs tendres et leur donner long-temps le change. Peut-être le grand homme (1) qui a dit : *qu'en amour le physique seul étoit bon*, s'est-il trompé ? Peut-être, si l'amour platonique qui n'est

---

(1) Ce grand homme est un peu loin d'être contemporain de Boccace; mais on me pardonnera ce défaut de costume en faveur de mon enthousiasme pour ce philosophe éloquent, que tous les siècles auroient envié.

autre chose que de l'amitié, ou de l'amour sans désir de jouissance, n'est pas une chimère, ce sentiment est - il le plus propre de tous à produire le bonheur ?..... Fulvius et Gisippe pleurèrent aussi amèrement l'un que l'autre celui qu'ils regardoient tous deux comme un père ; ils portèrent un deuil égal ; ils eurent besoin des mêmes consolations.

Après la mort de Crémès, les parens de Gisippe lui conseillèrent de se marier, et lui proposèrent une jeune Athénienne, distinguée par sa beauté , sa naissance et ses grâces. Sophronie n'avoit pas plus de quinze ans ; elle ignoroit encore le prix de ses charmes , et déjà elle attiroit tous les regards. Mais Gisippe n'avoit pas reçu de la nature des dispositions à l'amour comme à l'amitié, tout concouroit à augmenter son affection pour Fulvius, la ressemblance d'âge et de caractère, l'habitude de vivre ensemble, l'application aux mêmes exercices , les leçons même de la philosophie. Mais on n'apprend point aux hommes à aimer, pas plus qu'on ne leur enseigne à respirer ; l'un et l'autre leur est également naturel ; c'est le degré de leur sensibilité qui règle la force de leurs sentimens ; l'âme peu ardente de Gisippe sembloit épuisée par son premier atta-

chement. Fulvius étoit né plus vif, et son
imagination enthousiaste préparoit bien plus
d'aliment à son âme. Il vit Sophronie et devint
le rival de son ami, avant que la moindre
crainte d'un sentiment qui lui auroit fait horreur se fût présentée à son cœur droit et
généreux. Mais quand l'image de Sophronie
qui l'obsédoit sans cesse, quand un espoir
criminel, ou la terreur, non moins coupable,
que lui inspiroit l'approche du bonheur de
son ami, lui eurent appris son secret fatal,
quand il lui fut devenu impossible de se tromper lui-même, il sonda la profondeur de
l'abîme sur les bords duquel il étoit arrivé, et
prit la vie en haine. Les combats intérieurs
qu'il se livroit, l'amertume dont son âme étoit
abreuvée, le tourment de sa situation, les an-
goisses de la douleur, les convulsions du
désespoir, l'eurent bientôt conduit aux portes
du tombeau. Gisippe pleuroit déjà son ami ;
il avoit remarqué la sombre mélancolie dont
il étoit dévoré, il résolut de lui arracher son
secret.... Cher Fulvius, lui dit-il, les apa-
nages de l'amitié sont la confiance et la bienveillance. Tu manques donc à tous tes devoirs
en me taisant les chagrins qui, je n'en puis
douter, sont l'unique cause de ta maladie ; car

tu me caches ce qui devroit être dès long-
temps déposé dans mon sein, et tu m'exposes
à la perte la plus cruelle que je puisse faire.
Ah! Fulvius, ai-je mérité que tu te méfiasses
de ma droiture, de ma constance ou de mon
attachement ? — Gisippe, lui répond l'infortuné Romain, dont l'âme, brisée par les tendres plaintes de son ami, ne put renfermer
plus long-temps son secret, si j'étois arrivé
au dernier de mes jours avec ton amitié, et
content de moi-même, j'aurois vu sans regret
le terme de ma carrière, car j'ai toujours
regardé la mort comme la plus belle invention de la nature; mais mourir perfide! mourir en t'outrageant, voilà l'horrible situation
à laquelle je suis réduit..... Cher Gisippe,
mon crime n'est pas celui de ma volonté ;
l'honneur, l'amitié et mes devoirs sont toujours
mes dieux, je leur immole ma vie..... Mais
l'amour et les remords sont mes bourreaux...
J'aime Sophronie....je ne la verrai jamais ;
je vais mourir..... Ah! du moins ne me hais
pas; que j'obtienne de toi cette dernière grâce !
souviens-toi que si j'avois expiré avant cet
aveu, tu aurois pleuré ma mort. — Moi, te
haïr ! ô mon cher Fulvius!.... Hé que me
parles-tu de crime au moment où tu me rends

6.

le plus grand des services ? où tu me mets à même de faire ton bonheur ? où tu m'imposes celui de tous les rôles qui mérite le plus d'être envié ?..... Tu es amoureux de Sophronie ! ah ! que ne le suis-je aussi ! m'envieras-tu le précieux avantage de te prévenir par un bienfait ? mais je n'ai pas même de mérite à la céder, car ses charmes n'ont fait aucune impression sur moi : l'âme n'a point de sexe, cher Fulvius, et tu as réuni dès long-temps toutes mes affections ; tu ne laisses place dans mon cœur à aucun nouvel attachement. Je veux le bonheur de Sophronie ; je veux surtout le tien ; et quel homme plus propre à la rendre heureuse que celui à qui elle a inspiré un amour si involontaire, si passionné ? quelle femme te convient mieux que celle que toi-même avoit choisie pour ton ami ? ô mon cher Fulvius ! recouvre ta tranquillité, ta santé, tes forces, ton enjouement ..... Sophronie est à toi.

Fulvius, éperdu d'admiration et de reconnoissance, vouloit en vain se défendre de recevoir un si grand bienfait. « Quoi, lui » disoit le généreux Gisippe, tu oserois re- » pousser le don de ton ami ! tu voudrois me » faire croire que la reconnoissance, à sup-

» poser que tu m'en doives, est un fardeau
» trop pénible pour toi ! ne suffit-il donc pas
» que je contribue à ton bonheur pour que je
» le voie toujours avec plaisir . . . . Eh ! que te
» donnai - je après tout ? une femme dont ,
» encore une fois , je ne suis point amou-
» reux ; toi, tu me rends un ami que j'allois
» perdre. »

Fulvius cède. Il avoit assez à réparer avec
Gisippe pour n'oser gêner ses arrangemens ,
et son âme délicate sentoit bien qu'il avoit
perdu le droit de refuser les bienfaits de son
ami. Gisippe lui expliqua son projet ; il ne lui
convenoit pas de négocier directement ce nouveau mariage, et cela eût été maladroit. Il
en chargea des personnes de confiance ; mais
les deux amis n'étoient pas au bout de leurs
épreuves. Fulvius , qui se rétablissoit à vue
d'œil, pensa retomber dans sa langueur mortelle, quand il apprit que les parens de Sophronie refusoient tout échange, lors même
que Gisippe y voudroit consentir, parce qu'ils
ne doutoient pas que Fulvius n'emmenât sa
femme à Rome, où elle seroit à jamais perdue
pour sa famille. Mais Gisippe, désespérant de
les amener à ses desseins, ne se tint pas pour
vaincu. Il conçut un projet singulier, et se

concertant avec son ami, il conclut et célébra
son mariage comme il avoit été convenu.

Tout se passe avec pompe, magnificence,
joie et exclamations ; la belle Sophronie est
conduite le soir dans la maison de son époux.
L'heure où elle devoit lui livrer tous ses
charmes arrive ; Gisippe, qui s'étoit montré
très-galant, très-empressé, laisse sa jeune
épouse entre les mains de ses femmes ; elles la
déshabillent, elles la font entrer dans la couche
nuptiale. Les flambeaux s'éteignent : la pudeur
commandoit ce sacrifice à l'amour. Alors Gisippe va trouver le jeune Romain, il l'embrasse, et lui dit : « J'ai épousé en ton nom ;
» va jouir de tes droits, et que l'amour, l'hy-
» men et l'amitié se réunissent pour ton bon-
» heur. » Fulvius, ivre de joie et pénétré de
reconnoissance, vole dans les bras de la belle
trompée, et peignant son amour plutôt par
ses transports que par ses discours, il la main-
tient aisément dans son erreur. Elle dura quelque temps par l'adresse des deux amis ; mais
enfin le jeune Romain ayant appris la mort
de son père, il se vit obligé de partir pour
Rome, et ne put se résoudre à laisser Sophronie.

Une nuit que par les plus tendres caresses,
il avoit attendri la belle, et excité les marques

les plus touchantes de son amour, « O ma
» Sophronie, dit - il, combien tu me rends
» heureux ! mais, hélas ! mon bonheur est mu-
» tilé ; car c'est un autre que tu crois dans tes
» bras. » La belle, frappée d'étonnement et
saisie de frayeur, lui demande en tremblant
l'explication de ces étranges paroles ; et Fulvius lui avoue la ruse et son succès : « Je vous
» adorois, dit - il, j'allois périr ; le meilleur,
» le plus généreux des amis m'a sauvé la vie par
» le plus grand des sacrifices ; elle est à vous ;
» elle est dans vos mains ; si je ne suis pour
» Sophronie qu'un objet de mépris et de haine,
» j'expierai mon crime ; si vous daignez me
» pardonner je suis le plus heureux des hom—
» mes, et je me crois innocent. » Sophronie,
honteuse, humiliée peut - être du procédé de
Gisippe, mais enivrée des délices de l'amour,
et touchée des transports du coupable, par-
donna bientôt : « Hélas ! dit-elle à son époux,
» mes parens seront - ils aussi indulgens ?
» quel ne sera pas leur ressentiment ? que ne
» tenteront-ils point pour se venger, et nous
» séparer ? il faut absolument que je les ins-
» truise de ce que je viens d'apprendre, et
» que je tâche de les fléchir. » Fulvius, qui
avoit su mettre de son parti la seule dont,

après son ami, l'opinion l'intéressât, remercia
tendrement son aimable Sophronie, encou-
ragea, guida ses démarches auprès de sa famille,
mais en vain. Tous ses parens irrités exhalèrent
les plaintes les plus amères, retinrent chez
eux Sophronie, et réunissant leurs efforts contre Gisippe, qui, n'étant pas citoyen romain,
paroissoit moins à redouter, ils demandèrent
une punition exemplaire.

Gisippe connoissoit ses compatriotes, jaloux,
inquiets, remuans; mais légers et craintifs; il
avoit prévu l'orage, et lui fit tête. Il convoque
une assemblée de la famille offensée, et parle
ainsi : « S'il ne s'agissoit que de me défendre,
» je ne daignerois pas même ouvrir la bouche,
» car ma conscience, dont la voix me touche
» plus que tous vos suffrages, m'absout et
» me crie que j'ai fait ce que je devois, en
» préférant la conservation de mon ami à celle
» de votre bienveillance. Mais de quoi vous
» plaignez-vous, aveugles que vous êtes ?
» Sophronie est contente ; elle chérit son
» époux. Vous avez voulu la marier à un jeune
» homme noble ? je l'ai mariée à un patricien;
» à un citoyen riche ? Fulvius l'est beaucoup
» plus que moi, et s'il n'est pas votre compa-
» triote, on le compte au nombre de vos

» maîtres. Personne n'a plus de vertus et d'a-
» grémens que lui. Qui de nous deux aimoit
» plus tendrement votre fille ? est - ce moi qui
» la connoissois à peine , et qui l'ai cédée, ou
» lui que sa passion précipitoit au tombeau ,
» quand je lui ai arraché son secret ? Mais vous
» vouliez que votre fille restât à Athènes ?
» c'est-à-dire que vous l'aimiez pour vous ;
» cela même n'est pas exact , et votre calcul
» est aussi mauvais que votre procédé ; car je
» ne puis vous être aussi utile à Athènes que
» Fulvius vous le sera à Rome , à laquelle
» vous obéissez, comme le reste du monde.
» Vous aurez en lui , dans cette métropole,
» un appui , un protecteur pour vos affaires
» publiques et particulières. Quel est donc
» mon crime, ce crime qui m'attire tant de
» reproches insensés , et de vaines menaces ?
» c'est d'avoir fait en sorte que la belle Sophro-
» nie devînt l'épouse d'un patricien riche,
» distingué par ses talens et ses vertus , en
» possession de l'estime publique, du plus
» grand crédit, qui l'adoroit, et qui a su s'en
» faire aimer. J'ai mérité, dites-vous, d'être
» sévèrement puni pour vous avoir trompé ?
» eh ! que prétendriez-vous de plus si j'avois
» livré votre fille dans les bras d'un esclave

» ou d'un méchant ?.... Quoi qu'il en soit,
» décidez-vous promptement. Le père de Ful-
» vius est mort; il faut que le fils retourne à
» Rome; voulez-vous lui rendre son épouse?
» vous aurez en lui un ami puissant et véri-
» table. Osez-vous la lui refuser ? je pars avec
» Fulvius; nous saurons bien réprimer vos
» fureurs, arracher de vos mains Sophronie,
» et plaise aux dieux qu'Athènes n'éprouve
» pas combien le ressentiment des Romains
» est redoutable! »

Aristophane, qui, si l'on ôte de ses poëmes
les taches qui partent de son cœur pervers (1),
n'a fait que des ouvrages d'une excellence
merveilleuse, et qui fut le plus grand peintre
de sa nation, représente le peuple d'Athènes
sous l'emblème d'un vieillard très-sensé dans
sa maison, mais qui, dans les assemblées publiques, tombe en enfance. Chaque Athénien,
en particulier, étoit naturellement doux, af-
fable, bienfaisant. Ces hommes, réunis, n'é-
toient plus les mêmes. Le discours plein de

---

(1) Tolti d'all' opere sue questi vizi, che nascon, da
mente contaminata, ruinangono dalla sue pœsia virtù
maravigliose. (Gravina della ragione poetica. *L. I*,
c. XX.)

hauteur de Gisippe les irrita ; cependant la terreur du nom romain leur en imposant, ils résolurent de dissimuler pour se venger plus sûrement. Sophronie fut rendue à Fulvius, et il partit pour Rome en arrosant de larmes son généreux ami. Mais Gisippe fut à peine resté seul en butte à la jalousie et au ressentiment de ses compatriotes, qu'ils cabalèrent tout de nouveau contre lui. Il n'étoit pas difficile de perdre un particulier dans un état sans cesse en combustion, où des assemblées toujours tumultueuses, conduisoient, au gré des brigues et des factions, un peuple livré à la fougue du plus vil harangueur. Gisippe fut éxilé, lui et sa famille, de ce pays où la vue des citoyens qui avoient le mieux servi l'état étoit odieuse et insupportable; et bientôt, ballotté par le sort, le généreux Athénien fut réduit à la mendicité. Alors il s'avance avec confiance à Rome pour réclamer ses droits sur son ami.

Au moment d'entrer dans cette ville, et désirant n'y paroître que la nuit, il s'arrête, exténué de fatigue et de chaleur, dans une grotte rustique où il s'endort. Deux voleurs arrivent au même lieu pour y partager leur butin ; ils s'y prennent de querelle ; le plus fort tue l'autre, s'enfuit, et laisse le cadavre auprès de Gisippe. Les magistrats, instruits du meurtre, envoyent visiter la grotte; Gisippe venoit de se réveiller, et, fort ému du spectacle qui frappoit ses yeux, il essayoit de donner des secours au malheureux assassiné, de la mort duquel il doutoit encore. On l'arrête; on le conduit au préteur qui l'interroge; il refuse de se nommer dans une situation si humiliante et si déplorable; il n'allègue aucune défense vraisemblable, et il est condamné au supplice de la croix, comme un vil assassin étranger (1).

_____

(1) J'ai tâché de sauver bien des absurdités qui se trouvent dans ce conte, d'ailleurs l'un des mieux écrits de Boccace. Les deux plus grands changemens que j'y ai faits, c'est d'abord d'avoir mis dans la bouche de Gisippe le discours très-avantageux que l'auteur du Décameron met dans celle de Fulvius, et de l'avoir dégagé des raisons qu'il allègue, et qui sont mauvaises et ridicules. C'est, en second lieu, d'avoir supprimé le désespoir de Gisippe, qui, outré de ce que Fulvius ne l'a point reconnu dans la rue sous ses haillons, va se jeter dans cette grotte, et s'asseoir auprès du cadavre, pour se faire soupçonner d'un assassinat; après quoi il l'avoue, et persiste, quoique son ami se charge de son crime; de sorte que si le voleur n'eût paru tout à coup pour apprendre qu'il étoit le coupable, le préteur auroit été très-embarrassé.

Fulvius passoit par hasard au prétoire dans
le moment où l'on conduisoit Gisippe au
supplice ; frappé de surprise et déchiré de
douleur, il s'avance auprès du magistrat , et
lui demande quel est le crime de cet homme ;
on le lui explique : les circonstances étoient
fâcheuses. Le cruel Octave régnoit ; tout étoit
assujéti , et le nom d'Auguste venoit d'être
profané pour le tyran ; mais on soupiroit encore après la liberté, et la tyrannie n'est jamais
exempte de soupçons. Un noble étranger , sous
un déguisement si vil, dont Fulvius ne pouvoit
deviner le motif, étoit donc suspect. L'ami de
Gisippe, effrayé par toutes ces pensées , et
trop ému par la vue du danger de son ami ,
pour donner beaucoup de temps à la réflexion,
prit un parti extrême , parce qu'il se présenta
le premier à son esprit : « Je ne puis, dit-il
» au préteur, chercher mon salut aux dépens
» d'un innocent ; c'est moi qui ai tué mon
» ennemi ; cet homme dormoit dans la grotte
» où j'ai commis le meurtre ; il est injustement
» condamné. » Gisippe en entendant ces mots
» lève les yeux et reconnoît son ami. . . « Ah!
» Fulvius, s'écrie-t-il , quel dieu secourable
» t'offre à ma vue. . . . ou plutôt par quelle
» fureur insensée te charges-tu d'un crime

» dont tu es si incapable ? Préteur, cet illustre
» Romain est dès long-temps mon ami ; sa
» réputation doit démentir ses aveux ; nous
» ne sommes pas plus coupables l'un que l'au-
» tre. Honorez l'amitié, sauvez l'innocence. »

Le bruit d'une aventure si extraordinaire
parvint jusqu'à Auguste, qui fit venir les deux
amis. Ce barbare que l'on avoit vu contraindre
le père et le fils à combattre ensemble, dans
le temps qu'ils lui demandoient la grâce l'un de
l'autre, et se donner l'atroce plaisir de les voir
égorger tous les deux, parce qu'ils refusoient
de servir de gladiateurs, fut touché du récit
des sacrifices mutuels de Gisippe et de Fulvius;
il regretta peut-être au fond de son cœur de
n'oser désirer de tels amis, faute d'en être
digne, et bien sûr que des hommes capables
d'une amitié si touchante ne l'étoient pas d'un
assassinat, il les renvoya tous deux, comblés
d'éloges et de présens, auxquels il ne manquoit qu'une main plus pure qui les offrît.
Gisippe oublia au sein de l'amitié, toutes les
injustices et tous les malheurs qu'il avoit
éprouvés; et il secourut sa famille de manière
à lui ôter tous les regrets; car il ne voulut jamais demander justice contre ses compatriotes.

QUATRIÈME NOUVELLE.

SALADIN.

On calomnie les hommes, dit Émilie, pour avoir le plaisir de faire de l'esprit et des maximes; et je ne serois pas étonnée qu'en subtilisant ainsi, l'on ne parvînt à anéantir toutes les vertus, et à n'admettre que leurs apparences; mais le prétendu philosophe qui feroit cette découverte en fouillant dans le cœur humain, ne me donneroit pas meilleure opinion de son esprit que de son cœur. Je croirois celui-ci incapable des vertus qu'il ne voudroit pas reconnoître; je croirois celui-là très-faux par cela même qu'il seroit très-fin. Enfin, je penserois plus fermement que jamais qu'il vaut mieux chercher dans notre amour-propre l'artisan du bien particulier et public, que la source intarissable de nos vices. Que nous apprend-on, par exemple, en nous disant que l'homme est naturellement ingrat? à nous dégoûter de faire du bien, si nous avons le malheur de le croire. Qu'on nous dise plutôt que l'ingrat, qui rend le mal pour le bien, empoisonne les douceurs de la société, et qu'il agit contre son intérêt, parce qu'il ne peut se passer du secours de ses semblables ; alors nul homme raisonnable ne sera tenté de manquer à la reconnoissance. Dans l'histoire que je vais vous raconter, on procède ainsi : l'on place la gratitude et la récompense à côté du bienfait.

Le célèbre Saladin, avide de voir et de s'instruire, avoit entrepris de parcourir l'Europe, dans le plus grand *incognito* et voyageoit en Italie. Il s'avançoit dans la Lombardie pour traverser ensuite les Alpes, lorsqu'un soir qu'il étoit encore assez éloigné de Pavie, il se trouva surpris par la chute du jour. Thorel d'Istrie, citoyen de cette ville, suivoit le même chemin que lui, escorté d'un grand équipage de chasse, parce qu'il alloit passer quelques jours dans une maison de plaisance qu'il avoit sur les bords du Tésin. Le gentilhomme entendit un des gens de la suite de cet étranger qui demandoit aux siens combien il y avoit encore de là à Pavie. Aussitôt Thorel prend la parole et s'avance vers le plus apparent de la troupe, qui étoit Saladin lui-même : « Pavie » est trop éloignée, dit-il, pour que vous y » puissiez arriver avant la nuit ; le hasard me » procure le plaisir et l'honneur de vous of- » frir une maison assez agréable sur la route ;

» ne me refusez point la faveur de vous y
» recevoir. Vous ne vous écarterez pas beau-
» coup de votre chemin, et je me croirai heu-
» reux si je puis vous consoler de l'avoir allon-
» gé. » Saladin, favorablement prévenu par
l'honnêteté de Thorel, et la manière dont
il s'exprimoit, accepta son offre; il trouva
sa maison aussi agréable que belle; il y fut
reçu d'une manière aussi ingénieuse que
magnifique.

L'Italien avoit trop d'esprit et d'usage du
monde, pour croire que ces voyageurs fussent,
comme ils le disoient, des marchands de
Chypre que les affaires de leur commerce appeloient en France. Il étoit fort loin de deviner le véritable rang de ses hôtes, mais il ne
doutoit pas qu'ils ne fussent des personnages
très-distingués du Levant. Sa femme, dont
on admiroit les grâces et la beauté, n'étoit
point chez lui; mais plusieurs de ses parens
et de ses voisins s'y trouvoient rassemblés.
Ce fut dans une petite île du Tésin, qui faisoit
les délices de ce séjour, que Thorel donna à
souper à Saladin; ce lieu enchanté étoit couvert d'un bois de haute futaie; des berceaux
charmans aboutissoient au salon de verdure
de forme ronde, que l'on avoit pratiqué au

4.   7

milieu. Une quantité de lustres de fleurs étoient
suspendus aux arbres, et chaque berceau offroit à ce salon un coup d'œil nouveau et
charmant. Plusieurs symphonistes, cachés par
les arbres, se firent entendre dès que Saladin
parut; les plus jolies paysannes de l'endroit,
vêtues en bergères, servirent la table du soudan.
Des Satyres qui sortoient du bois leur appor-
toient tout ce qui étoit nécessaire. Pendant le
souper plusieurs groupes de jeunes garçons
et de jeunes filles dansoient les danses qui leur
étoient propres, avec les instrumens et les
habits de leur pays.

Saladin étoit dans l'enchantement; il croyoit
presque que cette fête charmante, née à l'instant, étoit l'ouvrage de la magie. Rien de si
simple cependant : Thorel qui avoit de la
gaîté, du goût pour le plaisir, et dans l'imagination moins de faste que de galanterie,
s'amusoit souvent à donner chez lui de ces
fêtes champêtres; les apprêts en étoient tout
faits, et le généreux maître de cette maison
jouit de la surprise et du plaisir de ses hôtes.
Il leur demanda une preuve de reconnoissance;
ce fut de ne pas choisir dans Pavie d'autre
maison que la sienne : « Je ne dois qu'au ha-
» sard, lui dit-il, le bonheur de vous rece-

» voir ici ; j'ambitionne de vous avoir cette
» obligation. » Le soudan ne put se refuser à
son empressement.

On sent bien que la femme de Thorel étoit
prévenue, et qu'il étala plus de magnificence
lorsqu'il eut les ressources d'une grande ville.
Il avoit chez lui une salle de concert qui, par
un essort inattendu de mécanique, se méta-
morphosoit en une salle superbe de bal. Les
amusemens variés auxquels prêtoit l'avantage
de ce local, se succédèrent avec une richesse
et une promptitude d'exécution qui paroissoit
être un enchantement. Saladin passa plusieurs
jours dans ces fêtes charmantes que l'épouse
de Thorel embellissoit encore ; son amitié et
sa reconnoissance pour le généreux Italien
devinrent sans bornes ; et celui-ci y mit le
comble en forçant, avec toutes les grâces
possibles, le soudan et sa suite d'accepter des
présens qui témoignoient la cordialité et l'affection la plus sincère et la plus noble.

Saladin continuoit son voyage et rêvoit aux
moyens de prouver à Thorel sa reconnoissance d'une manière digne d'un grand prince,
lorsqu'un nouvel accès de fanatisme arma
l'Europe contre l'Asie. Le soudan, averti et
presque témoin des préparatifs d'une croisade,

7.

retourna à la hâte dans ses états, où le tumulte
de la guerre l'eut bientôt distrait de son aventure de Lombardie.

Cependant Thorel étoit au nombre des croisés qui infestoient l'Egypte. L'ascendant du
préjugé et sa valeur l'y avoient entraîné, malgré les pleurs d'une tendre épouse qui détestoit
une gloire si barbare, un préjugé si cruel,
une absence si longue et si périlleuse. Les
excès des croisés et la démence de leurs chefs,
attirèrent bientôt sur les Européens les maux
les plus terribles. Des maladies contagieuses en
enlevèrent la plus grande partie, et presque
tout le reste fut massacré par les infidèles, ou
tomba dans leurs chaînes. Thorel fut de ces
derniers. Conduit à Alexandrie, réduit en esclavage, la beauté de sa figure, l'aménité de son
caractère, et surtout le talent qu'il montra pour
élever et dresser des oiseaux de proie, le firent
remarquer parmi les autres esclaves chrétiens.
Saladin aimoit beaucoup la chasse, et les Européens dont il avoit tant à se plaindre ; mais ce
grand homme savoit que le vertige d'une nation est une maladie passagère sur laquelle on
ne doit pas la juger, et bien moins encore les
individus qui la composent ; quoiqu'il eut une
très-grande supériorité de lumières sur les

peuples encore à demi-barbares de l'Europe,
il en estimoit le caractère libre et fier, et
l'esprit naturel. Saladin remarqua Thorel et le
prit à son service. Il étoit assez simple que la
figure du gentilhomme Italien fût sortie de la
mémoire du soudan, et que Thorel ne recon-
nût pas, dans un puissant monarque, son marchand Cyprien; il n'est pas étonnant que ce
même caractère, cette même gaîté qui avoient
autrefois séduit le prince lui plussent encore.
Thorel, pour améliorer sa condition, et
recouvrer son existence, tâcha de se rendre
agréable, et devint même nécessaire aux plaisirs du prince, qui l'affranchit, et le nomma
son fauconnier.

Alors Saladin et Thorel se virent plus souvent. Un jour le soudan remarqua un geste
singulier qui l'avoit frappé autrefois dans le
gentilhomme Lombard, dont le souvenir,
quoique confus, lui étoit toujours cher, et il
observa plus attentivement son fauconnier.
Il ne fut pas long-temps à démêler plusieurs
rapports plus singuliers les uns que les autres,
entre ce favori et son ancien hôte. Thorel
avoit caché son nom, mais non pas son pays.
Saladin découvrit qu'il étoit Lombard et de
Pavie même. Ses doutes, d'abord légers, se

changèrent en certitude ; ce prince sensible
fut ému d'une joie bien douce en pensant que
celui qu'il avoit tant désiré de retrouver étoit
en son pouvoir. Saladin conservoit tous les
présens de la femme de son hôte. Un jour il
les fait étaler dans son cabinet , et menant
Thorel avec lui : « Reconnois – tu ces bijoux
» et ces robes ? lui demanda – t – il. » L'Italien
se rappela que quelques-uns des plus remar-
quables lui avoient appartenu : Seigneur, dit-
il alors , je crois me souvenir d'avoir fait quelques présens à peu près semblables à un voyageur qui se disoit marchand cyprien , et qui
logea chez moi il y a quelques années à Pavie.
— Thorel , répliqua le prince , tu t'es montré
bien généreux envers un homme que tu as
aisément oublié . . . . Ce marchand cyprien ,
dont tu ne sais pas même le nom , est le soudan
d'Egypte , dont tu fus l'esclave , et qui sera
ton ami jusqu'au tombeau . . . . A ces mots le
prince se jette dans les bras de Thorel , et lui
donne les plus touchans témoignages d'amitié.
De ce moment il fut son ami , et devint l'objet
de l'envie et de l'adulation de tous les courtisans. Mais Thorel , qui n'ignoroit pas le motif
de leurs empressemens , étoit aussi déconcerté
par leurs fadeurs , que sensible aux procédés

affectueux du grand prince qu'il avoit si long-
temps méconnu.

Pendant que l'heureux Italien échappoit
d'une manière si inattendue aux revers de la
fortune, elle lui préparoit des inquiétudes plus
vives que celles de son esclavage. Le funeste
succès de la croisade avoit jeté tous les états
chrétiens dans la consternation, et les suites
de la guerre interrompoient presque toute
correspondance de l'Europe avec l'Asie. Ceux
qui étoient échappés à la poursuite des Sarra-
sins, avoient apporté une liste peu exacte des
pertes principales des croisés, et les exagérations de la renommée les altéroient encore.
Un gentilhomme Provençal, nommé Thorel
de Digne, avoit été tué dans le dernier combat. Sa réputation n'étoit pas assez considé-
rable pour que sa mort fît beaucoup de bruit,
et son nom répété en Italie se confondit tellement avec celui de Thorel d'Istrie, qui étoit
beaucoup plus connu, que sa femme et ses
parens ne doutèrent plus de sa mort, attestée
par plusieurs de ses compatriotes, comme
témoins oculaires.

Sa femme lui étoit sincèrement et tendrement attachée. Elle ressentit une douleur
amère qui mit sa vie en danger. Plusieurs mois

s'écoulèrent ainsi dans les pleurs et les regrets,
aiguisés par les persécutions de ses parens,
qui, craignant pour elle et pour sa fortune
les dangers de sa situation et de sa beauté,
la tourmentoient pour se remarier. A peine
put-elle obtenir qu'on lui permit d'attendre
l'expiration de son deuil. Celui qu'elle portoit
dans son âme fut compté pour rien, et personne ne doutant de la mort du mari, qui
avoit vainement écrit plusieurs fois pour
donner de ses nouvelles, la tyrannique famille fixa le dernier délai qu'elle consentoit à
souffrir.

Thorel, de son côté, étoit fort inquiet; il ne
recevoit de lettre d'aucun de ses parens; sa
femme, dont le silence l'effrayoit encore plus,
ne lui donnoit pas signe de vie; il sentoit
combien sa présence étoit nécessaire à ses
affaires et ne savoit comment demander la
permission de s'absenter à un prince qui le
combloit de faveurs, et sembloit attacher un
grand prix à sa société. Cependant, encouragé
par l'extrême générosité du soudan, il s'ouvrit
à lui : « Seigneur, lui dit-il, vous m'avez
» comblé d'honneurs et de biens. J'ose croire
» que ma profonde reconnoissance ne vous
» est pas suspecte; le bonheur suprême pour

» moi seroit de consacrer le reste de mes jours
» à vous la prouver, et j'espère que vous n'en
» confondrez pas l'expression fidèle avec cette
» adulation servile, qui est plutôt une de-
» mande qu'un remercîment. Cependant j'at-
» tends en effet une nouvelle grâce de vous,
» et c'est la plus grande que vous m'ayiez
» jamais accordée.

» Je ne reçois aucunes nouvelles de ma pa-
» trie, et j'ai lieu de croire que rien de ce que
» j'y ai écrit ne soit parvenu. Vous daignez
» me rappeler souvent mon épouse avec des
» expressions remplies d'intérêt et de bonté :
» cette épouse m'est chère ; les liens qui m'u-
» nissent à elle me seront à jamais sacrés. Le
» devoir et l'honneur ne me rappellent-ils pas
» auprès d'elle ? j'ose vous en faire juge,
» Seigneur, ô vous mon bienfaiteur et mon
» maître ! Vous êtes digne de trouver dans le
» bien que vous faites le premier mérite et la
» première récompense de vos actions. Mettez
» le comble à votre générosité ; rendez-moi à
» ma femme, à mon fils, à ma famille, et
» croyez que Thorel fait un grand effort sur
» lui-même en sollicitant la permission de
» vous quitter. »

Le soudan étoit resté morne et pensif pen-

dant ce discours : « Mon ami, dit-il à Thorel,
» c'est pour toi que je t'aime, et je ne suis pas
» capable de satisfaire mes désirs aux dépens
» des tiens, ou de t'engager à manquer à tes
» devoirs. Pars, mon cher Thorel, va rendre
» la joie à tous ceux qui sont dignes de t'ai-
» mer; retourne dans ta patrie et pense quel-
» quefois que tu as laissé ton meilleur ami
» dans ces lieux. »

Thorel, partagé entre le chagrin d'en causer
à un prince qu'il chérissoit tendrement, et le
désir de rentrer au sein de sa famille, reçut
les présens et les derniers embrassemens de
Saladin avec des transports de reconnoissance
et les marques les plus touchantes d'affection
et de regrets. Le magnifique soudan le combla
des dons les plus précieux, et lui fit présent
d'un vaisseau de guerre qu'on avoit équipé
pour le ramener en Italie (1). Il le conduisit

---

(1) Ici Boccace introduit encore de la magie. On
endort Thorel, et il est transporté, en une seule nuit,
pendant son sommeil, sur un lit magnifique couvert
des présens de Saladin, dans l'église de Saint Pierre
de Pavie, où le sacristain, les moines et l'abbé, très-
effrayés d'abord, très-émerveillés ensuite, sont tous
dans le secret de Thorel, et le lui gardent fidèlement.
J'ai cru que substituer à des moyens naturels des

lui-même à son navire, l'embrassa, non sans
l'arroser de larmes, et lui dit : « Thorel, dans
» quelque temps, quelque pays, quelque cir-
» constance que tu te trouves, souviens-toi
» de Saladin ; il ne te refusera jamais rien de
» ce qui sera en son pouvoir. »

Le voyage de l'Italien fut heureux et rapide.
Aussitôt qu'il est débarqué, il prend à la hâte
le chemin de Pavie, vêtu en Sarrasin, et suivi
d'un nombreux cortége qui le croyoit un
ambassadeur dépêché par le soudan au roi
de France. Il va descendre chez celui de ses
parens dans lequel il avoit le plus de confiance,
car il vouloit, avant de se déclarer publique-
ment, connoître la situation de sa famille, et la
conduite de son épouse. Le lendemain même
cette infortunée, consumée de regrets, mais
trop foible pour résister aux menaces et aux
importunités de sa famille, se laissoit conduire à l'autel. Thorel fut bouleversé de cette
nouvelle par l'idée de la perte qu'il avoit été
si près de faire ; mais il reprit bientôt de la
joie et de la sécurité en pensant qu'il arrivoit

---

coups de baguette, qui ne séduisent qu'au théâtre, et
qui là même sont très-froids, c'étoit détruire le peu
d'intérêt de ce conte déjà médiocre.

à temps pour déconcerter les projets de son rival, dont sa femme étoit plutôt la victime que la complice.

Son parent étoit invité au mariage. Thorel prit la résolution de ne se découvrir qu'au dernier instant, et fit demander par son hôte au fiancé de celle qu'on croyoit sa veuve, la permission d'assister à sa noce. La demande de cet étranger, dont le cortége magnifique avoit fait sensation dans la ville, fut bien accueillie. Sa longue barbe, son turban, sa robe flottante le déguisoient à merveille, et personne ne le reconnut. Thorel, qui fut très-galant pendant le repas, remarquoit avec joie combien sa femme étoit loin de partager celle des convives. Le son de sa voix la touchoit davantage que ses propos flatteurs, et les regards de la belle s'arrêtoient souvent sur l'aimable Sarrasin. Cet honnête homme, ému jusqu'au fond du cœur du trouble et du chagrin de sa femme, ne balança plus à se découvrir: Belle dame, lui dit-il, c'est un usage dans le Levant que quand un étranger assiste à des noces, la nouvelle mariée lui offre une coupe pleine de vin qu'elle daigne partager avec lui; nous attachons à cette coutume hospitalière des augures favorables, et comme il n'est

point de bonheur que je ne vous souhaite,
et dont vous ne soyiez digne, je vous supplie
de m'accorder la faveur d'en user ici comme
on fait dans ma patrie. — Très - volontiers,
répond la belle qu'un penchant secret intéressoit à ce bel étranger..... En même temps
elle remplit sa coupe et la fait passer à Thorel.
Celui-ci avoit adroitement placé dans sa bouche un anneau qu'il tenoit de sa femme, et
qu'à son départ elle lui avoit encore tendrement recommandé de conserver; il laisse tomber cette bague chérie dans la coupe, y boit,
et la renvoye à sa femme qui veut boire à son
tour. Il restoit peu de vin dans le vase, et en
y portant les lèvres elle aperçoit l'anneau : à
cette vue elle jette un cri d'étonnement, fixe
l'étranger, le reconnoît, et, renversant la
table dans le délire de sa joie, elle s'élance
dans les bras de son mari : « Le voilà, dit-elle,
» mon époux, mon maître, mon cher Thorel!»
et elle tombe sans connoissance. Ce peu de
mots dessilla tous les yeux : l'assemblée reconnut à l'instant le prétendu Sarrasin; et tous
les convives, si l'on en excepte le nouveau
marié peut-être, qui se trouvoit déchu de ses
droits avant de les avoir exercés, partagèrent
la joie des parens de Thorel, dont la tendre

épouse, revenue à elle-même, ne vouloit pas
se séparer, comme si elle eut craint de le
perdre encore une fois. Ainsi Saladin fit deux
fois le bonheur de Thorel, qui fut dignement
récompensé de sa générosité.

CINQUIEME NOUVELLE.

LE MASQUE GÉNÉREUX (1).

Je sais, dit Philostrate, une histoire dont le héros ne fut ni moins adroit, ni moins heu–

---

(1) J'omets ici la dernière nouvelle du Décaméron de Boccace, qui est d'une invraisemblance absurde et repoussante. Il est question d'un marquis de Saluces, qui, ennemi par goût et par principe du mariage, se décide à prendre une femme pour se délivrer des importunités de ses sujets. Son choix tombe sur la fille d'un paysan; il va la chercher dans son village et l'épouse. La jeune fille étoit née avec un caractère aimable, doux et patient. Cette dernière qualité surtout lui devenoit fort nécessaire; car le marquis poussant la bizarrerie jusqu'à la grossièreté, a pour elle des procédés étranges, et sous toute sorte de prétextes plus injustes les uns que les autres, il porte la dureté jusqu'à lui ôter ses enfans, jusqu'à la renvoyer dans son village, jusqu'à feindre un autre mariage; il est vrai qu'il finit par tout réparer, et rendre justice aux vertus de sa femme : mais tout cela est raconté d'une manière si dépourvue de goût et d'intérêt, et en est si peu susceptible, que j'ai cru devoir y renoncer. Comme il ne me restoit dans le Décaméron aucune nouvelle qui pût remplacer celle-ci, j'ai cru pouvoir

reux que Thorel ; son aventure , plus plaisante encore parce que le dénouement en est plus imprévu , pourra m'acquitter envers vous.

Une très-jolie femme de Bordeaux regrettoit son mari ; il s'étoit embarqué pour les affaires de son commerce sur un vaisseau qui, disoit-on, avoit fait naufrage. Plusieurs amans attirés par la jeunesse et les charmes de la belle , attendoient, pour lui offrir leur main , qu'elle eut des nouvelles plus certaines de la perte qu'elle pleuroit. Cette dame observoit une grande régularité dans sa conduite ; cependant comme elle avoit beaucoup de liaisons de société , elle se trouva presque forcée, pour répondre aux politesses de ses connoissances , de leur donner chez elle une fête , l'un des derniers jours du carnaval. On étoit au jeu quand un masque inconnu se présente sous le costume d'un génie, et se met à jouer avec la dame. Il perd ; il demande sa revanche ; il perd encore dix ou douze fois de suite , parce

y substituer un conte assez gai qui a paru il y a quelque temps dans le Mercure, d'autant qu'il a quelque rapport avec la nouvelle précédente. A un petit nombre de changemens près, qui sont assez légers , et qui portent uniquement sur le style , ce conte est ici tel qu'il a été imprimé dans le journal indiqué.

qu'il brouilloit les dés de façon qu'il les faisoit toujours tourner contre lui, et avec tant de promptitude qu'on ne pouvoit pas s'en apercevoir. D'autres joueurs voulurent tenter la fortune ; mais la chance tourna , et le génie redevint heureux. La dame recommença et gagna un argent immense , que le masque perdit avec une gaîté qui étonnoit les spectateurs.

Quelqu'un dit, assez haut pour être entendu, que c'étoit là donner avec prodigalité et non pas jouer. Alors le masque élève la voix : « Je » suis le démon des richesses, dit-il , je ne les » aime que pour les prodiguer à l'objet de » mes vœux. Je n'en forme que pour madame, » et je vais prouver que tous mes trésors sont » à elle. » En même temps il tire plusieurs bourses pleines d'or , d'autres remplies de diamans , les place devant la maîtresse du logis, et lui propose de les jouer en un seul coup contre la moindre chose qu'elle voudroit hasarder. La dame embarrassée de cette déclaration renonce au jeu.

On ne savoit que penser de cette aventure. Les vieilles disoient tout haut que ce masque étoit le diable ; que ses richesses, ses habillemens , ses discours et ses subtilités au jeu le faisoient

4. 8

assez voir. Les jeunes lorgnoient l'aimable
magicien, dont la générosité avoit toutes sortes
de grâces et d'agrémens. En effet, le joueur
qui affectoit le ton et les manières de la négro-
mancie, disoit des choses charmantes à sa
dame, parmi lesquelles il en étoit qu'elle seule
pouvoit saisir. Il parloit plusieurs langues
étrangères, faisoit des tours d'adresse surpre-
nans, et sembloit connoître Bordeaux, et la
société même où il se trouvoit, comme s'il
en eut été. L'étonnement des spectateurs étoit
extrême, et il redoubla lorsque ce démon
déclara qu'il venoit réclamer une personne de
la compagnie qui s'étoit donnée à lui : « Elle
» m'appartient, dit-il, elle m'est chère et né-
» cessaire, et quelque chose que vous disiez,
» quelque obstacle que vous prétendiez y ap-
» porter, je vais m'en emparer, pour ne plus
» la quitter, car trop de monde envie mon
» bonheur, et je veux désormais veiller moi-
» même sur mon plus précieux trésor. » Chacun regardoit la dame qui ne savoit que penser,
les femmes trembloient, les hommes sou-
rioient, le génie s'amusoit. Cependant cette
scène singulière dura assez de temps et frappa
assez l'imagination des spectateurs pour qu'on
fît venir des gens d'un caractère grave, qui

interrogèrent le démon, et qui furent un moment tentés de l'exorciser.

Le masque tourna le tout en plaisanterie,
avec tant d'esprit qu'il avoit les rieurs de son
côté; mais comme il comprit que l'embarras
de la dame qui l'intéressoit devenoit un tourment, il ôta son masque : aussitôt elle jette
un cri de joie et s'élance dans ses bras. C'étoit
son mari qui, dans le voyage des Indes, avoit
fait des profits immenses, et revenoit chargé
de trésors. En arrivant, on l'avoit instruit des
craintes de sa femme, de sa tristesse habituelle,
de la recherche de ses soupirans : il savoit aussi
que sa société avoit arraché une fête à sa
complaisance. La saison favorable aux dégui-
semens lui donna l'idée de s'introduire chez
lui. Dès qu'il eut ôté son masque, il fut reconnu, félicité, caressé ; et bientôt on le laissa
en possession de la belle dame qu'il avoit dit,
avec tant de raison, lui appartenir.

SIXIEME NOUVELLE.

LA PLUME DE L'ANGE GABRIEL (1).

Sɪ tous les magiciens ressembloient à celui
dont Philostrate vient de nous parler , dit
Flammette , ils seroient fort aimables et nullement à craindre ; mais ces hommes qui, pour
la gloire de Dieu , sauvent ou damnent sans
appel sont bien une autre espèce de magiciens.
Je veux vous raconter le tour de passe-passe
de l'un de ces messieurs , qui du moins n'a rien
que de plaisant.

Un certain religieux de saint Antoine étoit
le beau parleur de son couvent , et par conséquent celui que l'on chargeoit du soin de la
quête. Il avoit parmi le peuple la réputation
d'un très-grand orateur. Les villages voisins
de Florence étoient le théâtre ordinaire de ses
triomphes. Il connoissoit tous les paysans ,

_____

(1) C'est ici la dixième nouvelle de la sixième journée
du Décameron , que j'ai retranchée de cette imitation ,
en en réservant deux contes pour employer dans ma
huitième journée. (Voyez notice de la sixième journée,
tome III, page 45).

leurs foibles, leurs superstitions, leurs affaires, il avoit leur confiance, et tout cela tournoit au profit des aumônes et du couvent.

Quelque féconde que soit la superstition en illusions et en ressources, le grand nombre de ceux qui fondent sur elle leur empire les épuisent quelquefois. Aussi chaque prédicant se trouve-t-il très-intéressé à décréditer et à perdre ses rivaux, comme autant de co-partageans dans la récompense qu'il s'étoit promise de ses pieux travaux; de-là tous les excès de la jalousie, revêtus du manteau du zèle, de-là l'intolérance qui a embrasé le monde.

Plusieurs moines, attirés par le bruit des succès de frère Oignon (tel est le noble nom de notre héros) s'étoient présentés dans la même carrière, et l'orateur se trouvoit fort mal de la concurrence; mais comme il étoit bon homme et plus capable d'un tour gai et plaisant que d'une manœuvre méchante, et perfide, il forma, pour se remettre en crédit, le projet d'une fraude pieuse qui n'attaquoit en rien ses confrères.

Un dimanche que tous les habitans de la plus riche des paroisses dont il tiroit tribut, étoient rassemblés à la messe, il monte en

chaire, et dit : « Mes frères et sœurs en J. C.,
» voici le temps expiatoire où vous avez cou-
» tume d'envoyer aux pauvres de M. le baron
» de saint Antoine (1), qui protège vos biens
» et vos troupeaux, une petite partie des
» richesses que vous devez à ses soins et à son
» intercession. Je suis ici pour percevoir ce
» tribut de votre piété ; mais comme vous
» vous êtes toujours distingués par votre
» dévotion pour ce grand saint, je vous ai
» cru les plus dignes de voir une relique que
» j'ai rapportée de mon voyage d'outre-mer ;
» c'est une plume que l'Ange Gabriel laissa
» dans la chambre de la sainte Vierge à Naza-
» reth, lorsqu'il y fut envoyé pour y annoncer
» l'ineffable mystère de l'incarnation. Jamais
» aucun autre ministre du Très-Haut n'ex-
» posa à la vénération des fidèles une plus
» sainte relique. Venez donc tous, lorsqu'après
» midi vous entendrez sonner les cloches de
» l'église ; venez assister à un spectacle si inté-
» ressant pour des chrétiens. »

Les missionnaires rivaux avoient entendu
cette annonce fastueuse, et comme dès le temps
des augures, si les agens de la superstition

---

(1) (A poveri del baron Messer Santo Antonio.)

sont parvenus à ne pas rire en se regardant
les uns les autres, ils n'ont point réussi du
moins à se tromper mutuellement, la ruse du
moine n'eut pas le même crédit sur eux que
sur la populace crédule. Elle aiguisa seulement leur industrie, et ils espérèrent faire
recueillir à frère Oignon beaucoup d'embarras
et de honte, au lieu de la moisson de gloire
et d'aumônes qu'il attendoit. L'un d'eux avoit
des liaisons secrètes avec la servante du cabaret où logeoit l'homme à la relique (1) : il sut
que frère Oignon étoit invité à dîner au château, et qu'ainsi il n'y avoit point à craindre
de le rencontrer dans sa chambre. Le moine
étoit bien sûr que sa belle ne lui refuseroit
pas de l'y introduire ; il prend son temps, et
sous les auspices de sa jeune amie, qu'apparemment il mit du complot, il va droit à la
besace. Une boîte très-propre et soigneuse-

(1) Ici se trouve dans Boccace un épisode d'assez
mauvais-goût. Le valet du moine fait sa cour à une
servante aussi hideuse que lui ; et lui tient de très-
plats et dégoûtans propos, qui occupent, avec le portrait
de ces personnages, une grande partie de ce conte. L'unique but de cet incident est de donner à deux vauriens
(lesquels chez Boccace ne sont point des missionnaires
rivaux) le temps de fouiller la besace du père.

ment enveloppée de taffetas, semble lui annoncer la relique; il l'ouvre et trouve en effet
une belle plume de perroquet vert, que les
habitans de Certalde auroient assurément prise
pour ce qu'on auroit voulu; car le luxe de
l'Egypte et des Indes n'avoit pas encore inondé
l'Italie comme il a fait depuis, et le peuple ne
connoissoit que les productions du pays. Le
moine malin prend la plume, et pour ne pas
laisser la boîte vide, ou plutôt pour augmenter
l'embarras de son confrère, il y met des charbons; puis il referme et arrange avec la plus
grande précaution le saint paquet, dont il
avoit bien observé la forme avant de l'ouvrir,
et il se retire.

Cependant l'heure des vêpres approche. Frère
Oignon repasse chez lui, prend dans sa besace
la boîte préparée de longue main, et n'a pas
même l'idée de l'ouvrir : il savoit trop bien
ce qu'il avoit mis dedans. Voilà notre digne
apôtre qui s'avance à l'église au milieu d'une
prodigieuse affluence de monde. Il monte en
chaire, parle long-temps sur la sainteté des
reliques, et sur le mérite de la sienne, qui
avoit une affinité toute particulière avec le
sauveur du monde, et le salut de tous les
hommes. Le moment arrive enfin où il faut

exposer aux yeux des spectateurs cette plume
tant vantée. Frère Oignon fait allumer deux
cierges, s'agenouille, se prosterne, se découvre
la tête, se recueille, lève les yeux au ciel,
ouvre la boîte...... Soudain il aperçoit les
charbons, et reconnoît l'œuvre de ses confrères;
mais plus versé qu'eux dans le grand art du
mensonge et des grimaces, il ne donne pas
même un instant à la surprise. Frère Oignon
se prosterne encore, lève les yeux et les mains
au ciel, et s'écrie : « Grand Dieu ! qui gou-
» vernes à ton gré l'univers, et présides aux
» plus petits hasards, comme aux plus éton-
» nantes révolutions du sort, que ta puissance
» soit louée ; que ta volonté soit faite. » Puis
il se retourne du côté de l'assemblée : « Mes
» frères, dit-il, vous saurez que voué dès
» l'âge le plus tendre aux travaux apostoliques,
» j'ai consacré ma première jeunesse aux
» voyages les plus périlleux pour la propa-
» gation et la gloire de la religion. Si je vou-
» lois vous raconter tout ce que j'ai vu d'é-
» tonnant, toutes les merveilles des pays que
» j'ai parcourus, tous les miracles par lesquels
» Dieu a daigné signaler sur moi la protection
» de sa divine providence, il me faudroit des
» années entières, et cent langues et cent voix.

» Dans ces courses innombrables j'ai vu tant
» de reliques qu'il m'est impossible de vous
» en faire le détail : qu'il vous suffise de savoir
» que j'ai eu le bonheur de fixer et de toucher
» un doigt du Saint-Esprit, des habits de la
» sainte foi catholique, quelques rayons de
» l'étoile qui apparut aux trois rois, une fiole
» de la sueur céleste que répandit saint Mi-
» chel en combattant contre le Diable, et
» mille autres choses aussi merveilleuses. C'est
» surtout le patriarche de Jérusalem qui m'a
» montré la plus belle collection en ce genre,
» et c'est de lui que je tiens la plume de l'Ange
» Gabriel que je vous ai promis de vous mon-
» trer; mais ce n'est pas la seule chose que
» j'aie rapportée de l'Orient, et j'ose dire que
» personne en Europe ne possède de plus
» belles reliques que moi. J'ai été quelque
» temps sans pouvoir les montrer, parce que
» mes supérieurs n'ont pas voulu me le per-
» mettre, avant que leur vérité et leur effi-
» cacité ne fussent démontrées par des attes-
» tations irrécusables, et constatées par des
» miracles incontestables. Grâces au ciel, et
» à M. le baron de saint-Antoine, mon maître
» et mon protecteur, mes preuves sont faites,
» et vous serez les premiers, comme j'ai

» déjà dit , à qui je montrerai mes pieux
» trésors. »

» Par un événement que je ne puis attribuer
» qu'à la bonté et à la sagesse divine, la boîte
» que vous voyez , et qui est parfaitement
» semblable à celle où je renferme la plume
» de l'Ange Gabriel , m'est tombée sous la
» main , au lieu de celle dont j'avois résolu
» de me munir ; or , elle ne contient pas la
» sainte plume , mais quelques – uns des char-
» bons avec lesquels saint Laurent fut rôti :
» vous savez , mes frères , que c'est dans deux
» jours la fête de ce grand saint ; je vous le
» demande , le doigt de Dieu n'est – il pas
» visiblement empreint dans une méprise de
» cette nature ? O mes frères ! rendez grâces
» au souverain maître des destinées de ce qu'il
» a daigné réparer mon erreur , et m'envoyer
» ici chargé , à mon insu , d'une relique qui
» va vous appliquer les mérites du grand saint
» dont la fête prochaine réclame tous vos
» hommages. Approchez avec la confiance
» d'esprit et de cœur qui rend la foi sincère
» et salutaire ; je vais, par une faveur spéciale,
» vous marquer tous de ces charbons nourris
» de la plus pure substance d'un grand saint :
» n'ayez pas peur qu'ils en soient altérés ; en

» vain je vous en prodiguerai l'empreinte à
» vous et à cent mille autres ; ils conserveront
» toujours leur volume et leur vertu.... »

Frère Oignon fut obéi, et chargea de croix
hommes et femmes, se moquant fort en lui-
même de l'inutile ruse de ses confrères, qui
l'avoient servi au lieu de lui nuire. La même
adresse qui sut convertir des charbons en
reliques, sut bien retrouver aussi peu de temps
après une plume de perroquet, dont frère
Oignon tira encore un très-grand parti.

SEPTIEME NOUVELLE.

L'INNOCENTE VENGEANCE.

ELISE, qui devoit parler après Flammette, applaudit à la manœuvre de frère Oignon; il faut que chacun vive de son métier, dit-elle, et dans toute espèce de commerce, le vrai moyen d'arrêter le monopole, c'est d'établir la concurrence; ainsi, je suis fort d'avis qu'on laisse à tous ces pieux charlatans la permission de se nuire réciproquement par leurs saintes fraudes, pourvu que toute autre guerre leur soit bien défendue; le peuple ne seroit pas long-temps la dupe de leurs tours de passe-passe trop répétés, et ces joueurs de gobelets, dont, au reste, il seroit fort aisé de tirer tribut, se décréditeroient et se détruiroient d'eux-mêmes, sans l'intervention toujours dangereuse de l'autorité. Mais puisque Flammette nous les a livrés pour contribuer à nos amusemens, je veux vous montrer à mon tour, non pas un moine subalterne, mais un grave prélat, persifflé, humilié, réduit au silence par une femme; c'est d'Antoine Dorso, évêque de Florence, que je vais vous parler.

Il passoit pour un homme sage et digne de respect; mais le goût de la plaisanterie lui étoit si naturel, qu'il le faisoit quelquefois sortir de son caractère décent et circonspect. Diégo de la Rata, officier de distinction, au service du roi de Naples, étoit depuis quelque temps chez lui; il avoit eu, dans une ville aussi galante que Florence, tous les succès que son esprit, sa jeunesse et sa beauté devoient obtenir des dames. Une de celles dont les charmes l'avoient le plus frappé, étoit nièce du frère de l'évêque. Sa sagesse égaloit ses agrémens; et pour son malheur on l'avoit unie à un homme qui tenoit de ses pères la noblesse de titres et de parchemins, mais de la nature, une âme basse, vile et cupide : sa passion unique étoit la soif de l'or, qui donnant tous les vices lâches, exclut jusqu'aux crimes élevés. Il étoit bien connu dans sa patrie. On savoit que les richesses n'étoient pas pour lui des moyens, mais la fin à laquelle il rapportoit tout, à laquelle il sacrifioit tout, de laquelle il attendoit tout; on savoit qu'il soumettoit au calcul honneur, probité, reconnoissance, services, et qu'avant de se déterminer à quoique ce pût être, sa première pensée, étoit : *Combien cela me vaudra-t-il?* Si la réponse étoit *tant*, sa conscience avoit toujours tort, et la tentation toujours raison. Au contraire, si l'occasion de faire l'action la plus juste et la plus glorieuse s'offroit à lui : *Cela ne me vaudra – t - il rien ?* se disoit-il. Et la réponse devenoit encore son unique loi.

Diégo après s'être vainement efforcé de séduire la femme de l'avare, fonda sur le caractère de celui – ci l'espoir d'un plus heureux succès ; il alla sans ménagement, sans détour chez cet homme, et lui proposa nettement cent écus d'or, s'il vouloit l'introduire, à sa place, dans le lit de son épouse. L'avare ne fut pas même tenté d'hésiter, ni de rougir ; il demanda le secret et conclut aussitôt le marché. Le soir même il livra sa femme, en cachant Diégo dans sa chambre ; on ne sait si la belle Florentine s'aperçut de cette basse supercherie. Ce qu'il y a de certain, c'est que Diégo, à qui, dans cette occasion on peut reprocher aussi d'avoir manqué d'honneur et de délicatesse, en profita, et qu'ensuite par un tour de chevalier d'industrie, que le mari avoit bien mérité, mais auquel l'officier, par respect pour lui - même, n'auroit pas dû penser, il paya l'avare en popelins dorés, au lieu d'écus d'or.

Il est assez singulier qu'un homme, si familier

avec ce métal, prit si grossièrement le change; peut-être aussi le marché fait et consommé; le mari fut-il obligé d'en paser par ce que voulut Diégo qui n'avoit pas peur, assurément, qu'on le traduisît en justice, pour lui faire acquitter loyalement sa dette. Quoi qu'il en soit, Diégo par mépris pour le mari-marchand, ou par indiscrétion naturelle, conta apparemment son aventure; car elle transpira dans la ville. L'évêque ne fut pas des derniers à en être instruit; mais en homme sage il fit semblant de l'ignorer, et conserva les mêmes liaisons avec Diégo. Tout alloit bien jusque-là; c'étoit fort bien fait d'oublier cette scène grotesque, mais il ne falloit pas s'exposer à se la faire rappeler.

Un jour, que dans une société, l'évêque se trouvoit avec l'officier napolitain, on agaçoit une jeune mariée, jeune, belle, brillante d'esprit et de gaîté, et passablement maline. L'évêque se mêla, avec assez peu de circonspection, de la plaisanter sur la première ferveur de son nouvel état, et sur les tentations qui dévoient bientôt l'amortir. Croyez-vous, par exemple, lui disoit-il, qu'en dépit de vos sermens, de nos sermons, de la vigilance de votre époux, un cavalier tel que Diégo, que

l'amour semble avoir doué du talent de plaire
à toutes les belles, s'attachât vainement à vous?
Je vous sais très-capable de faire sa conquête;
mais je ne suppose pas qu'il pût manquer la
vôtre. — Monseigneur, répondit la jeune femme
sans hésiter, peut-être ce beau monsieur seroit-
il fort embarrassé s'il l'entreprenoit; au moins
puis-je vous assurer que je ne me laisserois pas
vaincre pour de la fausse monnoie...... — Je
ne saurois dire lequel de l'évêque ou de Diégo
fut le plus honteux; mais il est certain qu'ils
n'osèrent plus jouter contre la belle railleuse.

HUITIEME NOUVELLE.

LE PSAUTIER DE L'ABBESSE.

Convenez, mes chères compagnes, s'écria Philomène, quand la nouvelle précédente fut finie, que vous ne prenez les prêtres et les moines pour objets de vos railleries, que parce qu'ils ne sont pas de votre sexe. Trouvez bon que je les venge un peu de cette partialité, en vous montrant que les sages nonnettes n'ont pas moins besoin qu'eux de la présence d'esprit et des ruses nécessaires pour se tirer des mauvais pas que la fortune ou l'ennemi du salut présentent à celles qui osent les défier.

Il est, en Lombardie, un monastère célèbre par l'austérité de ses règles. On y remarquoit, il y a peu de temps, une religieuse qui avoit la dangereuse distinction d'une grande beauté, d'un esprit agréable et d'une âme très-sensible. Jamais victime, plus aimable et plus malheureuse, n'avoit été immolée aux pieds des autels. Son cœur en gémissoit amèrement. Quel plus triste sort, en effet, que de voir tourner contre son repos les dons les plus précieux de la nature! Et combien les vœux, contre lesquels elle réclame sans cesse, doivent paroître injustes et odieux!

Après avoir long-temps pleuré, après avoir savouré douloureusement les cruels regrets dont sa vie étoit empoisonnée, la jeune Isabeau s'étoit décidée à profiter de toutes les occasions d'en diminuer le nombre ou d'en émousser la pointe déchirante; bientôt il s'en présenta. Les parens d'Isabeau venoient la voir souvent; l'un d'eux, amenoit au parloir un jeune ami qui contemploit la belle religieuse avec l'intérêt le plus triste et le plus tendre. Celle-ci ne manqua pas de rencontrer les regards passionnnés du jeune homme; sa beauté, sa mélancolie, une douce sympathie qu'elle ne chercha point à dérober à son amant, agirent sur son cœur. En peu de temps ils s'entendirent; il n'est point de momens qui ne soient précieux pour l'amour dans ces sombres asiles où ils sont tous épiés, tous comptés. Le jeune homme écrivit; Isabeau répondit; on se parla, l'on se jura un amour éternel; on s'en peignit les désirs, on en sollicita la récompense...... Hélas! ce n'étoit pas la nonnette qui la refusoit, les grilles et les verroux étoient plus inexorables qu'elle.

Mais quels obstacles ne franchiroient point

9.

deux imaginations qui s'allument au foyer de l'amour ? Le jeune homme parvient à s'intro-duire dans le couvent ; et pénètre jusqu'à la cellule qu'habitoit Isabeau. O quels dédomma-gemens ils reçurent tous deux d'une si longue attente ! Quel bonheur que celui que l'on mérite par tant d'amour , qu'on achète par tant d'efforts et de dangers !..... La fortune devroit-elle trahir des plaisirs si doux !

Quelques religieuses , jalouses de la beauté d'Isabeau et des préférences qu'elle lui attiroit au parloir, avoient remarqué les empresse-mens du jeune homme. On le voyoit moins à la grille depuis qu'il avoit pu la franchir ; mais pour peu qu'il y parut, il n'étoit pas très-difficile à un œil observateur et envieux de remarquer l'air d'intelligence des deux amans, et quelle satisfaction douce et voluptueuse avoit succédé sur leurs charmans visages à l'impatience , au feu du désir. Les nonnes soupçonnèrent ce qu'elles ne savoient point encore. Elles complotèrent entr'elles d'épier la belle , et quelques - unes de ses démarches ayant appuyé leurs conjectures, elles résolu-rent de faire surprendre par l'abbesse, la jeune nonnette, au moment même où l'heureux jeune homme seroit dans ses bras.

Cette abbesse étoit, une certaine madame
Usinbalde, d'un âge et d'une figure encore
supportables, et à laquelle il ne manquoit
aucune apparence des vertus de son état. Cen-
seur d'autant plus rigide de la conduite des
autres, qu'elle étoit plus indulgente pour la
sienne, et que son adresse à masquer ses
intrigues égaloit son hypocrisie. La galanterie
n'avoit pas une ennemie plus acharnée qu'elle,
et l'austérité des mœurs, étoit, à son avis, le
premier des devoirs et la première des vertus
chrétiennes. Celles qui conspiroient contre le
bonheur d'Isabeau, étoient bien sûres que l'abbesse ne la protégeroit pas, pourvu qu'il fût
impossible de recuser leur témoignage; aussi
gardèrent-elles le silence jusqu'au moment
décisif. Mais aussitôt que les méchantes voyent
entrer le jeune homme dans la cellule ; elles
se divisent en deux bandes ; l'une reste en
sentinelle dans le dortoir, l'autre court réveiller l'abbesse. « Madame, madame, accourez ;
» il y va de l'honneur de la religion et du cou-
» vent ; la sœur Isabeau a un jeune homme
» dans sa cellule. » L'abbesse sort du lit avec
une extrême précipitation, s'habille à la hâte,
part de même ; car il sembloit qu'on alloit faire
sauter la porte de sa chambre : elle la referme

soigneusement, et s'écrie : Eh bon dieu !
quelle nouvelle ! quel scandale ! Mais êtes-
vous bien sûres de ce que vous avancez ?
— Ah ! très-sûres, madame ; car nous n'en
croyons que le témoignage de nos yeux, et
les vôtres vont vous en dire autant. — Allons,
dit la dévote, transportée d'une sainte colère,
allons chercher cette fille maudite, qui souille
la sainteté de cette maison...... — On arrive
à la porte gardée, on l'enfonce en un instant,
et le premier spectacle qui s'offre aux yeux
des nonnes, ce sont les deux amans dans les
bras l'un de l'autre, qui restent immobiles de
frayeur et d'étonnement.

On s'élance sur Isabeau ; on l'entraîne, tandis que le jeune homme aussi nu que notre
premier père, avant qu'il eût si chèrement
gagné des habits, agité de mille idées confuses,
s'habille très-promptement, résolu d'arracher
sa maîtresse des mains de toutes ces furies et
de l'enlever à leur vue.

Cependant la malheureuse arrive au chapitre
et tout le monde prend place. L'abbesse commence une déclamation terrible contre l'atro-
cité du crime d'Isabeau, et l'accable des plus
virulentes injures ; la jeune nonnette, éperdue
de honte, et qui s'attendoit à une cruelle ven-

geance, étoit baignée de larmes, n'osoit pas
seulement entreprendre sa défense, et inspiroit de la compassion même à ses ennemies.
Cependant la volubilité de l'abbesse et l'excès
de l'emportement parurent si étranges et si
odieux à cette enfant timide, qu'il s'éleva dans
son âme un mouvement d'indignation et de
colère, que sa conscience, bien moins bour-
relée que son esprit, ne réprouvoit pas. Alors
elle lève les yeux, fixe l'abbesse et voit......
ô Dieu ! quel spectacle!.... une culotte qui
ornoit la tête de cette impitoyable mégère.

Madame Usinbalde avoit deux morales;
celle du jour et celle de la nuit, ou plutôt
celle du lit et celle du parloir. Elle faisoit
entrer habituellement dans un coffre un prêtre
du voisinage, vigoureux et galant, qui passoit
la nuit avec elle. Tel avoit été le motif de son
empressement à courir au-devant de l'étour-
derie des nonnettes, tremblant d'être surprise
à son tour, et s'habillant avec précipitation
dans les ténèbres, inquiète, troublée, elle
avoit saisi la culotte de son compagnon de
lit, au lieu du voile que l'on appelle psautier,
et c'étoit, la tête ornée de cette coiffure grotesque, qu'elle venoit faire une censure si rigou-
reuse; Isabeau devina à l'instant l'aventure,

et reprenant tout son courage et son sang-
froid, madame, dit-elle à l'abbesse, faites-
moi tous les reproches que vous voudrez,
mais de grâce rajustez votre coiffure. — Que
dites-vous, petite effrontée ? quelle damnable
impudence ! quoi après avoir souillé, par une
action abominable, la réputation et la sainteté
de cette maison, vous osez railler ! — Madame,
encore une fois, il se peut que vous ayiez raison;
mais de grâce rajustez votre coiffure.....

Cette prière répétée avec tant d'affectation,
parut si singulière à toute la communauté et
à l'abbesse elle-même, qu'au moment où l'on
fixoit les yeux sur son étrange ajustement elle
y porta la main. Alors reconnoissant sa fatale
erreur et le motif de la hardiesse d'Isabeau,
elle perdit presque contenance, et parlant en
termes vagues et confus de la charité chré-
tienne, de l'indulgence que l'on se devoit
mutuellement, elle congédia l'assemblée, qui
murmurant tout bas, ou plutôt s'applaudissant
de la découverte, se promettoit bien d'en
profiter et d'imiter la digne supérieure; pour
Isabeau elle courut rassurer son amant consterné, et fut heureuse en dépit de l'envie.

LE PSAUTIER.

Conte de LAFONTAINE, imité de la Nouvelle précédente.

NONNES, souffrez pour la dernière fois,
Qu'en ce recueil malgré moi je vous place.
De vos bons tours les contes ne sont froids.
Leur aventure a ne sais quelle grâce
Qui n'est ailleurs : ils emportent les voix.
Encore un donc, et puis c'en seront trois.
Trois ; je faux d'un, c'en seront au moins quatre.
Comptons-les bien. Mazet le compagnon ;
L'abbesse ayant besoin d'un bon garçon
Pour la guérir d'un mal opiniâtre :
Ce conte-ci qui n'est le moins fripon ;
Quant à sœur Jeanne ayant fait un poupon,
Je ne tiens pas qu'il la faille rabattre.
Les voilà tous : quatre c'est compte rond.
Vous me direz ; c'est une étrange affaire,
Que nous ayons tant de part en ceci.
Que voulez-vous ? je n'y saurois que faire,
Ce n'est pas moi qui le souhaite ainsi.
Si vous teniez toujours votre bréviaire,
Vous n'auriez rien à démêler ici.
Mais ce n'est pas votre plus grand souci.
Passons donc vîte à la présente histoire.

DANS un couvent de nonnes fréquentoit

Un jouvenceau friand, comme on peut croire,
De ces oiseaux. Telle pourtant prenoit
Goût à le voir et des yeux le couvoit,
Lui sourioit, faisoit la complaisante,
Et se disoit sa très-humble servante,
Qui pour cela d'un seul point n'avançoit.
Le conte dit que léans il n'étoit
Vieille ni jeune à qui le personnage
Ne fît songer quelque chose à part soi.
Soupirs trottoient ; bien voyoit le pourquoi,
Sans qu'il s'en mît en peine davantage.
Sœur Isabeau seule pour son usage
Eut le galant : elle le méritoit,
Douce d'humeur, gentille de corsage,
Et n'en étant qu'à son apprentissage,
Belle de plus. Ainsi l'on l'envioit
Pour deux raisons, son amant et ses charmes.
Dans ses amours chacune l'épioit ;
Nul bien sans mal, nul plaisir sans alarmes.
Tant et si bien l'épièrent les sœurs,
Qu'une nuit sombre et propre à ces douceurs,
Dont on confie aux ombres le mystère,
En sa cellule on ouït certains mots,
Certaine voix, enfin certains propos,
Qui n'étoient pas sans doute en son bréviaire.
C'est le galant, se dit-on, il est pris.
Et de courir, l'alarme est aux esprits :
L'essaim frémit, sentinelle se pose.
On va conter eu triomphe la chose

A mère Abbesse, et heurtant à grands coups,
On lui cria : madame, levez-vous;
Sœur Isabelle a dans sa chambre un homme.
Vous noterez que madame n'étoit
En oraison, ni ne prenoit son somme;
Trop bien alors dans son lit elle avoit
Messire Jean, curé du voisinage.
Pour ne donner aux sœurs aucun ombrage,
Elle se lève en hâte, étourdiment,
Cherche son voile, et malheureusement
Dessous sa main tombe du personnage
Le haut-de-chausse, assez bien ressemblant,
Pendant la nuit, quand on n'est éclairée,
A certain voile aux nonnes familier,
Nommé pour lors entr'elles le psautier.
La voilà donc de grègues affublée.
Ayant sur soi ce nouveau couvre-chef,
Et s'étant fait raconter de rechef
Tout le catus, elle fit l'irritée :
Voyez un peu la petite effrontée,
Fille du diable, et qui nous gâtera
Notre couvent. Si Dieu plaît, ne fera :
S'il plaît à Dieu, bon ordre s'y mettra :
Vous la verrez bientôt bien chapitrée.
Chapitre donc, puisque chapitre y a,
Fut assemblé. Mère Abbesse entourée
De son sénat, fait venir Isabeau,
Qui s'arrosoit de pleurs tout le visage,
Se souvenant qu'un maudit jouvenceau

Venoit d'en faire un différent usage.
Quoi, dit l'Abbesse, un homme dans ce lieu!
Un tel scandale en la maison de Dieu!
N'êtes-vous point morte de honte encore?
Qui nous a fait recevoir parmi nous
Cette voirie? Isabeau, savez-vous
(Car désormais qu'ici l'on vous honore
Du nom de sœur, ne le prétendez pas.)
Savez-vous, dis-je, à quoi dans un tel cas
Notre institut condamne une méchante?
Vous l'apprendrez devant qu'il soit demain.
Parlez, parlez. Lors la pauvre nonnain,
Qui jusque-là confuse et repentante,
N'osoit branler, et la vue abaissoit,
Lève les yeux, par bonheur aperçoit
Le haut-de-chausse, à quoi toute la bande,
Par un effet d'émotion trop grande,
N'avoit pris garde, ainsi qu'on voit souvent.
Ce fut hasard qu'Isabelle à l'instant
S'en aperçut. Aussitôt la pauvrette
Reprend courage, et dit tout doucement :
Votre psautier a ne sais quoi qui pend,
Raccommodez-le. Or c'étoit l'aiguillette.
Assez souvent pour bouton l'on s'en sert.
D'ailleurs ce voile avoit beaucoup de l'air
D'un haut-de-chausse, et la jeune nonnette
Ayant l'idée encore fraîche des deux,
Ne s'y méprit : non pas que le messire
Eût chausse faite ainsi qu'un amoureux.....

Mais à peu près; cela devoit suffire.
L'Abbesse dit; elle ose encore rire!
Quelle insolence! un péché si honteux
Ne la rend pas plus humble et plus soumise!
Veut-elle point que l'on la canonise!
Laissez mon voile, esprit de Lucifer.
Songez, songez, petit tison d'enfer,
Comme on pourra raccommoder votre âme.
Pas ne finit mère Abbesse sa gamme,
Sans sermoner et tempêter beaucoup.
Sœur Isabeau lui dit : encore un coup,
Raccommodez votre psautier, madame.
Tout le troupeau se met à regarder,
Jeunes de rire, et vieilles de gronder.
La voix manquant à notre sermonneuse,
Qui de son troc bien fâchée et honteuse,
N'eut pas le mot à dire en ce moment;
L'essaim fit voir par son bourdonnement
Combien rouloient de diverses pensées
Dans les esprits. Enfin l'Abbesse dit :
Devant qu'on eût tant de voix ramassées,
Il seroit tard. Que chacune en son lit
S'aille remettre. A demain toute chose.
Le lendemain ne fut tenu, pour cause,
Aucun chapitre; et le jour en suivant,
Tout aussi peu. Les sages du couvent
Furent d'avis que l'on se devoit taire;
Car trop d'éclat eût pu nuire au troupeau.
On n'en vouloit à la pauvre Isabeau,

Que par envie, ainsi n'ayant pu faire,
Qu'elle lâchât aux autres le morceau.
Chaque nonnain, faute de jouvenceau,
Songe à pourvoir d'ailleurs à son affaire.
Les vieux amis reviennent de plus beau.
Par préciput, à notre belle on laisse
Le jeune fils, le pasteur à l'Abbesse;
Et l'union alla jusques au point,
Qu'on en prêtoit à qui n'en avoit point.

NEUVIEME NOUVELLE.

LA JUMENT DU COMPÈRE PIERRE.

G R A C E S vous soient rendues, s'écria Dioné, en adressant la parole à Philomène, vous m'avez remis dans mon élément naturel, et si je finis cette journée en emportant le regret de vous quitter, du moins des souvenirs gais en adouciront l'amertume : nous ne sommes plus que deux qui ayions encore notre tribut à payer; je supplie notre reine d'ordonner que nos historiettes soient joyeuses et galantes, et comme le sourire que ma proposition semble lui arracher me paroît un signe suffisant d'approbation, je commence un conte dont enfin le but est moral, car il ne s'agit pas moins que de vous montrer avec quel religieux scrupule il faut observer toutes les pratiques d'une opération magique; si l'on veut en obtenir le succès.

Un certain prêtre de Barlette, nommé Barolle, jeune, galant, industrieux, éveillé, avoit la coutume de porter dans les foires diverses marchandises pour suppléer, par ce

petit commerce, à l'insuffisance de son bénéfice; de sorte que l'excellente et vigoureuse
jument sur laquelle il faisoit ses voyages étoit
son bien le plus précieux. Il avoit rencontré
dans ses courses un pauvre homme nommé
Pierre, qui faisoit, avec un âne, le même
commerce que lui. Ce paysan, suivant toujours la même route que Barolle, s'étoit étroitement lié avec lui. Le prêtre avoit quelques
raisons secrètes pour cultiver son amitié : voici
ces raisons.

Pierre avoit une femme jeune et belle. Le
village qu'elle habitoit étoit sur le chemin
qu'il suivoit d'ordinaire, et Barolle qui, lorsque le paysan passoit à Barlette, le nourrissoit
et le logeoit, trouvoit au village des Trois-
Saints la même hospitalité. Il est vrai que la
chaumière du paysan étoit si petite que Barolle
étoit obligé de coucher dans l'écurie auprès
de sa jument; mais il aimoit mieux ce lit rustique dans le voisinage de la belle Jeanne,
qu'un bel appartement plus loin d'elle, plus
d'une fois cette jeune femme avoit proposé à
son mari de se retirer chez quelque voisine,
pour laisser de la place dans son lit au bon
prêtre; mais celui-ci s'y refusoit obstiné-
ment: « Je ne veux point déranger ma belle

» hôtesse, disoit-il, une nuit est sitôt
» passée. »

Cependant Jeanne, toujours plus touchée
de voir le bon ami de Pierre couché sur la
dure, redoubloit ses instances; Barolle qui
avoit fondé son projet sur la crédulité du
mari et la simplicité de la femme, prit un
moment où celle-ci étoit seule, et lui dit :
Mais croyez-vous donc, Jeanne, que je sois
si malheureux de rester sur la paille auprès de
ma jument? si vous saviez ce que j'en puis
faire, et tous les services qu'elle me rend ! —
Ah ! dites donc, monsieur Barolle. — Je le
veux bien ; mais surtout gardez-vous d'en
parler; cette jument, quand je veux, se trans-
forme en une fille charmante avec laquelle vous
imaginez bien que je ne m'ennuie pas. —Tout de
bon ? Ah ! mon Dieu ! que vous êtes heureux !
quelle nouvelle !... Barolle recommande encore le secret, sur lequel il étoit loin de compter, et laissa Jeanne à ses réflexions.

Aussitôt que la nuit est arrivée et que les
deux époux sont couchés, Jeanne, qui étouffoit
d'impatience, raconte à Pierre le secret de
Barolle. « Ah ! dit-elle, s'il t'aime autant
» qu'il le témoigne ta fortune est faite. Il peut
» bien opérer sur moi le même prodige que

4.   10

» sur sa jument, et s'il parvient à me donner
» sa forme, vois que de services je te rendrai;
» combien je serai plus vive et plus forte que
» ton âne ! femme le soir et jument le matin ,
» je ferai tes plaisirs et ta richesse , sans te
» coûter plus qu'aujourd'hui..... Ah ! mon
» cher Pierre, prie ton ami de t'accorder cette
» grâce , et nous voilà riches pour jamais. »
Pierre crut tout aussi aisément que sa femme
aux talens magiques de Barolle (car les igno-
rans et le peuple ne se persuadent rien plus
facilement que ce qu'ils ne comprennent point
du tout), et il alla faire, avec toutes sortes
d'instances , la proposition au savant prêtre.
Celui-ci commença par maudire le bavardage
des femmes , et sa propre indiscrétion; puis
il s'adoucit, rêva, se défendit de ce qu'on lui
demandoit, se fit presser long-temps, et promit enfin : « Demain au matin, dit-il, à la
» pointe du jour , c'est le temps convenable
» à cet enchantement , dont je n'aurois jamais
» cru que personne pût m'arracher le secret. »
Je vous laisse à penser si Pierre et sa femme
fermèrent l'œil de la nuit. Au lever de l'aurore
le mari court en grande hâte éveiller Barolle;
il arrive de l'air le plus grave : « Faites-moi
» tous deux serment, leur dit-il, que vous ne

» révélerez jamais ce que je vais faire , par
» une bonté bien imprudente . . . . » Tous
deux le promettent . . . « Oh ! ça , compère ,
» allume la chandelle ; remarque bien tout ce
» que je vais faire ; retiens scrupuleusement
» les paroles que je prononcerai ; mais sur-
» tout garde le plus profond silence, quelque
» chose qu'il arrive. Le moindre mot proféré
» mal à propos romproit le charme , et il
» seroit impossible de le recommencer. »
Pierre, rempli d'espoir et de joie, promet une
obéissance entière.

Alors Barolle ordonne à Jeanne de quitter
tous ses habits , et même sa chemise. Cette
femme qui ne manquoit pas de pudeur fit des
difficultés. — « Est-ce ainsi que vous débutez?
» dit Barolle : si vous comptez m'interrompre
» par des simagrées, par des scrupules insensés,
» il est inutile de commencer , car assurément
» rien ne réussira . . . . » Le mari se fâcha ;
Jeanne se déshabilla en rougissant , et n'en
parut que plus belle au magicien ; il commençoit à se sentir très - agité du Dieu qui
devoit présider au charme ; cependant il conserve sa contenance imposante , et fait courber
Jeanne sur ses mains et sur ses pieds pour se
trouver, disoit-il, dans la position d'une jument.

10.

Alors il lui touche la tête et le visage : « Que
» ceci, dit-il, devienne tête de jument. » De-
là passant aux cheveux : « Que ceci soit cri-
» nière de jument. » Ensuite il porte ses mains
sur une gorge charmante ; ici l'opération devient plus longue ; il en examine soigneusement la forme, les dimensions, les propriétés,
et quelques-unes de ces propriétés, telles
que la dureté et l'élasticité, qui sans doute ont
des rapports avec les commotions électriques,
se communiquent à Barolle : cependant il
continue du même ton : « Que ceci devienne
» poitrail de jument. » Puis observant et
touchant tour à tour chaque partie de ce corps
de lys et de roses, et ses appas les plus secrets,
il continue les mêmes simagrées.

Pierre regardoit attentivement tout son manége, et s'inquiétoit du peu de progrès de
l'opération magique. En effet le plus difficile
restoit à arranger ; une jument ne peut se
passer de queue ; une femme n'a rien qui puisse
aider à cette métamorphose ; l'obligeant ami
se voyoit forcé d'y suppléer ; et ce dénouement
étoit vraiment le moment le plus intéressant
de la pièce ; mais à l'instant où Barolle attachoit
cette queue tant attendue, et sentoit ce délire,
cette fureur, ces transports qui annoncent que

le charme va se consommer, ne voilà-t-il pas
le benêt de mari qui s'écrie : « Alte-là, mes-
» sire Barolle, je n'y veux point de queue,
» et qui diable attacha jamais une queue si bas?
» messire Barolle, je n'y veux point de queue. »
Tant que Pierre se contenta de parler, l'opération continua ; mais lorsque impatienté de
l'obstination du magicien, il alla le tirer par
sa soutane : « Maudit sois - tu, dit le prêtre
» charitable, qui ne put supporter d'être trou-
» blé au moment décisif de l'enchantement ;
» ne t'avois-je pas recommandé de garder le
» plus profond silence quelque chose que tu
» visses ? voilà le charme rompu, la méta-
» morphose devenue impossible, et jamais ta
» femme ne sera jument. » D'un autre côté,
Jeanne qui avoit trouvé l'opération magique
assez insipide jusqu'au dernier acte, mais que
celui-ci avoit réellement intéressée, s'emporta
beaucoup contre son bavard de mari : « Sot
» que tu es, disoit - elle, où as - tu vu des
» jumens sans queue ? nous voilà ruinés ; en-
» core un moment et tout étoit fait ; mais non,
» il a fallu qu'il parlât : ah ! tu seras toute ta
» vie un misérable, et moi je partagerai ton
» sort ; que je suis malheureuse ! »

A tout cela Pierre qui trouvoit qu'il n'avoit

que trop patienté, répondoit toujours : je ne
voulois point de queue à ma jument, j'aurois bien pu l'attacher moi-même s'il eût été
nécessaire; mais plus de jument ni de magie;
j'aime mieux ma femme et mon âne.

LA JUMENT DU COMPÈRE PIERRE.

Conte de LAFONTAINE, imité de la Nouvelle précédente.

MESSIRE Jean, c'étoit certain curé,
Qui prêchoit peu, sinon sur la vendange ;
Sur ce sujet, sans être préparé,
Il triomphoit : vous eussiez dit un ange.
Encore un point étoit touché de lui,
Non si souvent qu'eût voulu le Messire ;
Et ce point-là les enfans d'aujourd'hui
Savent que c'est ; besoin n'ai de le dire.
Messire Jean, tel que je le décris,
Faisoit si bien que femmes et maris
Le recherchoient, estimoient sa science.
Au demeurant, il n'étoit conscience
Un peu jolie et bonne à diriger,
Qu'il ne voulût lui-même interroger,
Ne s'en fiant aux soins de son vicaire :
Messire Jean auroit voulu tout faire ;
S'entremettoit en zélé directeur,
Alloit partout, disant qu'un bon pasteur
Ne peut trop bien ses ouailles connoître,
Dont par lui-même instruit en vouloit être.
Parmi les gens de lui les mieux venus,
Il fréquentoit chez le compère Pierre,
Bon villageois de qui pour toute terre,
Pour tout domaine et pour tous revenus,

Dieu ne donna que les deux bras tous nus,
Et son louchet, dont pour toute ustensile,
Pierre faisoit subsister sa famille.
Il avoit femme et belle et jeune encor,
Ferme surtout : le hâle avoit fait tort
A son visage, et non à sa personne.
Nous autres gens peut-être aurions voulu
Du délicat; ce rustic ne m'eût plu :
Pour des curés, la pâte en étoit bonne,
Et convenoit à semblables amours.
Messire Jean la regardoit toujours
Du coin de l'œil, toujours tournoit la tête
De son côté, comme un chien qui fait fête
Aux os qu'il voit n'être pas trop chétifs :
Que s'il en voit un de belle apparence,
Non décharné, plein encor de substance,
Il tient dessus ses regards attentifs :
Il s'inquiète, il trépigne il remue
Oreille et queue; il a toujours la vue
Dessus cet os, et le ronge des yeux
Vingt fois devant que son palais s'en sente.
Messire Jean tout ainsi se tourmente
A cet objet pour lui délicieux.
La villageoise étoit fort innocente,
Et n'entendoit aux façons du pasteur
Mystère aucun. Ni son regard flatteur,
Ni ses présens ne touchoient Madelaine :
Bouquets de thym et pots de marjolaine
Tomboient à terre. Avoir cent menus soins,

C'étoit parler bas-breton tout au moins.
Il s'avisa d'un plaisant stratagème.
Pierre étoit lourd; sans esprit : je crois bien
Qu'il ne se fût précipité lui-même;
Mais par-delà de lui demander rien,
C'étoit abus et très-grande sottise.
L'autre lui dit : compère, mon ami,
Te voilà pauvre et n'ayant à demi
Ce qu'il te faut; si je t'apprends la guise
Et le moyen d'être un jour plus content
Qu'un petit roi, sans te tourmenter tant,
Que me veux-tu donner pour mes étrennes?
Pierre répond : parbleu, messire Jean,
Je suis à vous, disposez de mes peines;
Car vous savez que c'est tout mon vaillant.
Notre cochon ne nous faudra pourtant :
Il a mangé plus de son, par mon âme !
Qu'il ne tiendroit trois fois dans ce tonneau,
Et d'abondant la vache à notre femme
Nous a promis qu'elle feroit un veau;
Prenez le tout. Je ne veux nul salaire,
Dit le pasteur; obliger le compère,
Ce m'est assez. Je te dirai comment
Mon dessein est de rendre Madelaine
Jument le jour, par art d'enchantement,
Lui redonnant sur le soir forme humaine.
Très-grand profit pourra certainement
T'en revenir; car ton âne est si lent,
Que du marché l'heure est presque passée

Quand il arrive ; ainsi tu ne vends pas,
Comme tu veux, tes herbes, ta denrée,
Tes choux, tes aulx, enfin tout ton tracas.
Ta femme étant jument forte et membrue,
Ira plus vite : et sitôt que chez toi,
Elle sera du logis revenue,
Sans pain ni soupe, un peu d'herbe menue
Lui suffira. Pierre dit : sur ma foi,
Messire Jean, vous êtes un sage homme ;
Voyez ce que c'est d'avoir étudié !
Vend-on cela ? Si j'avois grosse somme,
Je vous l'aurois parbleu bientôt payé.
Jean poursuivit : or çà je t'apprendrai
Les mots, la guise et toute la manière,
Par où jument bien faite et poulinière
Auras de jour, belle femme de nuit :
Corps, tête, jambe, et tout ce qui s'ensuit
Lui reviendra ; tu n'as qu'à me voir faire.
Tais-toi surtout ; car un mot seulement
Nous gâteroit tout notre enchantement :
Nous ne pourrions revenir au mystère
De notre vie ; encore un coup motus,
Bouche cousue : ouvre les yeux sans plus ;
Toi-même après pratiqueras la chose.
Pierre promet de se taire, et Jean dit :
Sus, Madelaine, il te faut, et pour cause,
Dépouiller nue, et quitter cet habit :
Dégrafez-moi cet atour des dimanches :
Fort bien : ôtez ce corset et ces manches ;

Encore mieux : défaites ce jupon ;
Très-bien cela. Quand vint à la chemise,
La pauvre épouse eut en quelque façon
De la pudeur. Etre nue ainsi mise
Aux yeux des gens ! Madelaine aimoit mieux
Demeurer femme, et juroit ses grands Dieux
De ne souffrir une telle vergogne.
Pierre lui dit : Voilà grande besogne !
Et bien, tous deux nous saurons comme quoi
Vous êtes faites : est-ce par votre foi
De quoi tant craindre ? Et là, là, Madelaine,
Vous n'avez pas toujours eu tant de peine
A tout ôter : comment donc faites-vous
Quand vous cherchez vos puces? dites-nous :
Messire Jean est-ce quelqu'un d'étrange ?
Que craignez-vous ? eh quoi ! qu'il ne vous mange ?
Çà dépêchons ; c'est par trop marchandé :
Depuis le temps, monsieur notre curé
Auroit déjà parfait son entreprise.
Disant ces mots, il ôte la chemise,
Regarde faire, et ses lunettes prend.
Messire Jean par le nombril commence,
Pose dessus une main, en disant :
Que ceci soit beau poitrail de jument ;
Puis cette main dans le pays s'avance :
L'autre s'en va transformer ces deux monts,
Qu'en nos climats les gens nomment tétons ;
Car quant à ceux qui sur l'autre hémisphère
Sont étendus plus vastes en leur tour,

Par révérence on ne les nomme guères;
Messire Jean leur fait aussi sa cour,
Disant toujours, pour la cérémonie,
Que ceci soit telle ou telle partie,
Ou belle croupe, ou beau flanc, tout enfin.
Tant de façons mettoient Pierre en chagrin;
Et ne voyant nul progrès à la chose,
Il prioit Dieu pour la métamorphose.
C'étoit en vain, car de l'enchantement
Toute la force et l'accomplissement
Gissoit à mettre une queue à la bête;
Tel ornement est chose fort honnête.
Jean ne voulant un tel point oublier,
L'attache donc : lors Pierre de crier
Si haut qu'on l'eût entendu d'une lieue :
Messire Jean, je n'y veux point de queue;
Vous l'attachez trop bas, messire Jean.
Pierre à crier ne fut si diligent,
Que bonne part de la cérémonie
Ne fut déjà par le prêtre accomplie.
A bonne fin le reste auroit été,
Si, non content d'avoir déjà parlé,
Pierre encor n'eût tiré par la soutane
Le curé Jean, qui lui dit : foin de toi;
T'avois-je pas recommandé, gros âne,
De ne rien dire, et de demeurer coi?
Tout est gâté, ne t'en prends qu'à toi-même.
Pendant ces mots, l'époux gronde à part soi.
Madelaine est en un courroux extrême,

Querelle Pierre, et lui dit : malheureux,
Tu ne seras qu'un misérable gueux,
Toute ta vie, et puis viens-t'en me braire;
Viens me conter ta faim et ta douleur.
Voyez un peu, monsieur notre pasteur
Veut de sa grâce à ce traîne-malheur
Montrer de quoi finir notre misère :
Mérite-t-il le bien qu'on lui veut faire?
Messire Jean, laissons là cet oison :
Tous les matins, tandis que ce veau lie
Ses choux, ses aulx, ses herbes, son oignon,
Sans l'avertir, venez à la maison;
Vous me rendrez une jument polie.
Pierre reprit : plus de jument, ma mie;
Je suis content de n'avoir qu'an grison.

DIXIEME NOUVELLE.

LE BERCEAU.

Je me conformerai aux désirs de Dioné, dit Pamphile, et plus sage que lui, si je tâche d'être aussi gai, du moins la femme dont je conterai l'aventure profitera, sans être coupable, des faveurs du hasard, et saura éviter, avec la plus singulière adresse, un grand scandale.

Dans la plaine de Mugnon, à quelque distance de Florence, un paysan tenoit une espèce de cabaret où les rouliers s'arrêtoient, lorsque, surpris par la nuit, ils ne pouvoient arriver jusqu'à la ville. Des voyageurs plus distingués ne demeuroient guère dans cette maison rustique. Cependant le hasard y en amenoit quelquefois, et le cabaret, tout simple qu'il étoit, possédoit deux ornemens qui auroient fort embelli les plus brillantes auberges, je veux dire l'hôtesse qui n'avoit pas plus de trente ans et sembloit la sœur aînée de sa fille à peine âgée de quinze. Toutes deux étoient belles, enjouées, charmantes, et si la

jeune personne avoit plus de fraîcheur, l'autre
avoit plus d'éclat.

Un jeune homme de Florence, nommé
Pinucio, qui chassoit souvent dans la plaine
de Mugnon, s'arrêtoit ordinairement chez ce
cabaretier pour y faire la halte. Il avoit remarqué sa fille et s'en étoit fait aimer. Ses courses
fréquentes lui avoient menagé plus d'une occasion de lui parler, de l'entretenir de sa tendresse. La belle enfant y croyoit, et séduite
par les flatteries de l'aimable citadin, elle lui
avoit avoué, avec la naïveté de son âge, qu'il
étoit payé de retour. L'échange des cœurs étoit
donc fait. Pinucio attendoit avec impatience
l'occasion d'exercer les droits que lui donnoit
ce joli marché; mais rien n'étoit moins facile
à trouver. Sa maîtresse alloit rarement à
Florence, et ne quittoit point sa mère quand
elle y venoit. Presque tout le soin du ménage
rouloit sur elle, parce que sa maman nourrissoit un enfant qu'elle avoit mis au monde
depuis peu de mois. On ne pouvoit donc attirer
Colette au dehors, et Rose (c'est le nom de
la mère) faisoit bonne garde au-dedans.

Pinucio ne se découragea point, et concertant son plan avec Colette; il fut convenu
qu'elle le feroit avertir un après-midi que

l'auberge seroit remplie de monde. Cela ne tarda pas. Le jeune homme qui se tenoit prêt à tout événement, monte à cheval avec un de ses amis, celui de tous dans lequel il avoit plus de confiance, gagne la plaine de Mugnon, et feignant de venir de la Romagne, il arrive à nuit close dans le cabaret. Mon bon Joseph, dit-il à l'hôte, il faut que vous nous logiez jusqu'à demain, je suis excédé de fatigue; mes chevaux sont rendus, on n'y voit plus et je courrois risque de passer la nuit dans cette plaine. — Hélas ! monsieur, tout est plein, et vous savez assez que je ne suis pas logé de manière à recevoir des personnes telles que vous ; mais enfin il me reste un lit dans ma propre chambre : s'il vous accommode vous pouvez en disposer. — Tout est bon pour une nuit, maître Joseph; mon ami Adrian couchera avec moi; grand merci; je vais dormir.

Il est nécessaire de décrire la chambre de l'hôte, qui va devenir le théâtre d'une scène aussi compliquée que singulière. Cette chambre étoit fort petite et contenoit trois lits, deux desquels étoient adossés au même mur à côté l'un de l'autre ; le troisième qui faisoit le triangle étoit en face. L'hôte fit préparer le moins mauvais pour les deux étrangers, et quand ils furent endormis, ou le parurent, Colette alla se coucher vis-à-vis dans le petit grabat isolé, tandis que l'hôte et l'hôtesse se placèrent dans le grand lit voisin de celui de Pinucio; Rose mit auprès d'elle le berceau de son enfant.

Le jeune Florentin connoissoit le local; il avoit tout prévu. Il attend le moment favorable, se lève et va, soutenu sur les ailes de l'amour, trouver sa Colette, qui le reçoit en amant adoré et vivement désiré. Tandis qu'il cueilloit dans les bras de son amante les plus doux plaisirs, Adrian, qu'un tel voisinage, tout silencieux qu'il s'efforçoit d'être, tenoit fort éveillé, se lève pour quelque raison qui le forçoit à sortir, déplace le berceau qui le pose auprès de son lit, va, revient et oublie totalement de remettre le berceau à l'endroit où il l'avoit trouvé.

Peu d'instans après un chat renverse quelque chose dans la cuisine, l'hôtesse, bonne ménagère, se lève sur-le-champ sans lumière, va réparer le désordre, et retourne à son lit. En tâtant pour retrouver le berceau qui en étoit le signalement le plus sûr, elle ne le rencontre pas; elle porte les bras plus loin, le sent auprès de l'autre lit et ne doute point

4. 11

qu'elle ne se soit méprise. « Certes, se dit-elle,
» j'allois faire une belle sottise, je prenois le
» lit de ces étrangers pour le mien. » Elle
rit de cette idée et se couche auprès d'Adrian
qui, profitant d'une erreur si douce, la reçoit
avec des caresses, des transports que la belle
Rose n'avoit pas éprouvés depuis long-temps
à ce degré d'énergie, et qui réveillèrent en
elle beaucoup d'amour pour son mari qu'elle
ne s'étoit pas attendue à trouver si galant.

Pendant ce temps-là, le jeune couple que
l'amour avoit déjà doté de plus d'une couronne, ne perdoit pas son temps, comme on
peut croire ; mais ils trouvèrent plutôt les
bornes de leurs forces que celles de leurs
désirs, et Pinucio s'arracha enfin, non sans
de tendres regrets, des bras de la belle Colette, de peur que le sommeil ne l'y surprît.
Adrian, entré plus tard en lice, n'étoit pas
encore au bout de sa ferveur, lorsque son
jeune ami, cherchant le berceau pour l'éviter,
et trompé par le même dérangement qui avoit
si bien servi Rose, se met au lit du mari :
« Cher Adrian, lui dit-il aussitôt, que je
» viens d'être heureux ! quels délices ! quelle
» jouissance ! que Colette est tendre ! qu'elle
» est voluptueuse ! non jamais je ne goûtai

» de tels plaisirs. — Parbleu, monsieur, dit
» l'hôte très-irrité, je me serois bien passé de
» cette nouvelle ; mais ne croyez pas que je
» supporte tranquillement une telle perfidie...»
Pinucio, au lieu de tâcher de réparer une
telle indiscrétion, se fâche, en véritable étourdi, du ton de menace que le mari prend avec
lui. « Eh ! que me feras-tu, maître Job, lui
» dit-il ? »

Rose qui entendoit toute cette rumeur et se
croyoit encore auprès de son mari, malgré la
tendresse des procédés qu'elle éprouvoit, dit
à Adrian : écoute donc, mon ami, je crois
que ces messieurs se disputent. — Qu'ils s'ar-
rangent, répond Adrian, sans déguiser sa
voix, (car il sentoit qu'il étoit temps d'être
reconnu, du moins par la femme) ils ont
apparemment trop bu hier au soir ....

Rose voit alors son erreur et se trouve dans
un extrême embarras ; mais par un de ces
efforts d'adresse et de sang-froid dont les
femmes seules sont capables, elle se lève aussitôt sans répliquer un mot, prend le berceau,
le porte auprès du lit de sa fille et se couche
avec elle. Alors, feignant de s'éveiller : Joseph,
Joseph ! dit-elle, eh ! quel bruit fais-tu donc ?
— N'entends-tu pas, répond le mari tout ému,

ce que cet homme raconte de la nuit qu'il a
fait passer à Colette ? — Eh ! mais, mon ami,
il rêve apparemment ; je suis auprès de ma fille
et je ne l'ai pas quittée un instant ; mais comment crois-tu de pareils contes ? est-ce donc
que tu as trop bu hier au soir ?...

Adrian qui attendoit pour prendre un parti
de voir celui auquel se décideroit la jolie
maman, admira son esprit, et entrant aussitôt
dans son sens : « Pinucio, dit – il, en criant
» aussi fort que s'il avoit voulu réveiller le
» plus déterminé somnanbule, Pinucio, t'obs-
» tineras-tu toujours à coucher hors de chez
» toi, pour avoir de nouveaux témoins de
» tes folies ? Que diable fais-tu là ? que
» rêves-tu ? que dis-tu ? Ce maudit défaut
» te jouera quelque mauvais tour..... Mon-
» sieur Joseph, pincez-le, réveillez-le, je
» vous en prie, et renvoyez-le moi. »

Revenu à la raison, le Florentin, à son
tour, confirmoit par toutes sortes d'extrava-
gances l'opinion que l'on vouloit donner de
lui à son hôte. Enfin il feignit de s'éveiller,
et paroissant tout honteux, il retourna à son
lit, en faisant de grandes excuses à Joseph.
Le jour arrivé, on se réunit, on s'expliqua,
on se plaisanta, l'on se sépara fort bons amis,

et résolus de se retrouver. Il y a cependant
deux traditions sur la fin de cette histoire ;
car quelques - uns prétendent que la jeune
fille persuada à sa maman qu'en effet Pinucio
avoit rêvé ; de sorte que la belle Rose, payée
pour être crédule, s'imagina qu'elle avoit
rêvé aussi, ou du moins qu'elle seule avoit
veillé.

Belle Pampinée, dit la reine, c'est vous
qui avez inventé la première d'exiger de nous
pour tribut une historiette à notre choix ;
vous méritez notre reconnoissance : mais
peut - être aussi avez - vous rendu service à
d'autres qu'à ceux qui composent notre société. Je prévois que quelqu'un aura l'idée de
rassembler nos contes, et si l'on sait y répandre la vivacité et la convenance du style,
il en est plusieurs qui paroîtront agréables à
plus d'un lecteur. J'avoue que tous ne sont
pas de la plus excellente morale ; mais le but
de ces bagatelles est plutôt d'amuser que d'instruire, quoique la perfection du genre soit
peut - être de réunir ces deux qualités ; car
la raison se trouve assez bien du masque de
Momus. Philostrate, vous devriez vous charger de rédiger ce recueil. — Ah ! madame,

répondit celui-ci, telle histoire bonne à raconter ne l'est point à écrire. La négligence
et la licence sont faciles à imiter; mais n'a
pas qui veut la grâce et le naturel. N'importe,
je vous obéirai; et je sais un moyen de déconcerter la critique, c'est de ne mettre aucune
prétention à cet ouvrage.

LE BERCEAU.

Conte de LAFONTAINE, imité de la Nouvelle précédente.

Non loin de Rome un hôtellier étoit,
Sur le chemin qui conduit à Florence ;
Homme sans bruit, et qui ne se piquoit
De recevoir gens de grosse dépense ;
Même chez lui rarement on gîtoit.
Sa femme étoit encor de bonne affaire,
Et ne passoit de beaucoup les trente ans :
Quant au surplus, ils avoient deux enfans ;
Garçon d'un an, fille en âge d'en faire.
Comme il arrive en allant et venant,
Pinucio, jeune homme de famille,
Jeta si bien les yeux sur cette fille,
Tant la trouva gracieuse et gentille,
D'esprit si doux, et d'air tant attrayant,
Qu'il s'en piqua : très-bien le lui sut dire :
Muet n'étoit, elle sourde non plus,
Dont il avint qu'il sauta par-dessus
Ces longs soupirs et tout ce vain martyre.
Se sentir pris, parler, être écouté,
Ce fut tout un ; car la difficulté
Ne gissoit pas à plaire à cette belle.
Pinuce étoit gentilhomme bien fait ;
Et jusque-là la fille n'avoit fait
Grand cas des gens de même étoffe qu'elle,

Non qu'elle crut pouvoir changer d'état ;
Mais elle avoit, nonobstant son jeune âge,
Le cœur trop haut, le goût trop délicat,
Pour s'en tenir aux amans de village.
Colette donc (ainsi l'on l'appeloit)
En mariage à l'envi demandée,
Rejetoit l'un, de l'autre ne vouloit,
Et n'avoit rien que Pinuce en l'idée.
Longs pourparlers avecque son amant
N'étoient permis ; tout leur faisoit obstacle :
Les rendez-vous et le soulagement,
Ne se pouvoient à moins que d'un miracle.
Cela ne fit qu'irriter leurs esprits.
Ne gênez point, je vous en donne avis,
Tant vos enfans, ô vous, pères et mères,
Tant vos moitiés, vous époux et maris ;
C'est où l'amour fait le mieux ses affaires.

PINUCIO, certain soir qu'il faisoit
Un temps fort brun, s'en vint en compagnie
D'un sien ami, dans cette hôtellerie ;
Demande gîte. On lui dit qu'il venoit
Un peu trop tard. Monsieur, ajouta l'hôte,
Vous savez bien comme on est à l'étroit ;
Dans ce logis tout est plein jusqu'au toit :
Mieux vous vaudroit passer outre, sans faute ;
Ce gîte n'est pour gens de votre état.
N'avez-vous point encor quelque grabat,
Reprit l'amant, quelque coin en réserve ?

L'hôte repart : il ne nous reste plus
Que notre chambre, où deux lits sont tendus
Et de ces lits il n'en est qu'un qui serve
Aux survenans ; l'autre nous l'occupons :
Si vous voulez coucher de compagnie,
Vous et monsieur, nous vous hébergerons.
Pinuce dit : volontiers ; je vous prie,
Que l'on nous serve à manger au plutôt.
Leur repas fait, on les conduit en haut.

PINUCIO, sur l'avis de Colette,
Marque de l'œil comme la chambre est faite.
Chacun couché, pour la belle on mettoit
Un lit de camp : celui de l'hôte étoit
Contre le mur attenant de la porte,
Et l'on avoit placé de même sorte,
Tout vis-à-vis celui du survenant,
Entre les deux un berceau pour l'enfant,
Et toutefois plus près du lit de l'hôte.
Cela fit faire une plaisante faute
A cet ami qu'avoit notre galant.
Sur le minuit que l'hôte apparemment
Devoit dormir, l'hôtesse en faire autant,
Pinucio, qui n'attendoit que l'heure,
Et qui comptoit les momens de la nuit,
Son temps venu, ne fait longue demeure,
Au lit de camp s'en va droit et sans bruit.
Pas ne trouva la pucelle endormie ;
J'en jurerois. Colette apprit un jeu

Qui, comme on sait, lasse plus qu'il n'ennuie.
Trève se fit, mais elle dura peu :
Larcins d'amour ne veulent longue pause.
Tout à merveille alloit au lit de camp,
Quand cet ami qu'avoit notre galant,
Pressé d'aller mettre ordre à quelque chose
Qu'honnêtement exprimer je ne puis,
Voulut sortir, et ne put ouvrir l'huis,
Sans enlever le berceau de sa place,
L'enfant avec, qu'il mit près de leur lit;
Le détourner auroit fait trop de bruit.
Lui revenu, près de l'enfant il passe,
Sans qu'il daignât le remettre en son lieu;
Puis se recouche, et quand il plût à Dieu,
Se rendormit. Après un peu d'espace,
Dans le logis je ne sais quoi tomba :
Le bruit fut grand; l'hôtesse s'éveilla,
Puis alla voir ce que ce pouvoit être :
A son retour, le berceau la trompa.
Ne le trouvant joignant le lit du maître,
Saint Jean ! dit-elle, en soi-même aussitôt,
J'ai pensé faire une étrange bévue :
Près de ces gens je me suis, peu s'en faut,
Remise au lit, en chemise ainsi nue;
C'étoit pour faire un bon charivari.
Dieu soit loué ! que ce berceau me montre
Que c'est ici qu'est couché mon mari.
Disant ces mots, auprès de cet ami
Elle se met. Fou ne fut n'étourdi

Le compagnon dedans un tel rencontre;
La mit en œuvre, et sans témoigner rien,
Il fit l'époux ; mais il le fit trop bien :
Trop bien ! je faux, et c'est tout le contraire ;
Il le fit mal ; car qui le veut bien faire,
Doit en besogne aller plus doucement.
Aussi l'hôtesse eut quelque étonnement ;
Qu'a mon mari, dit - elle, et quelle joie,
Le fait agir en homme de vingt ans ?
Prenons ceci puisque Dieu nous l'envoie ;
Nous n'aurons pas toujours tel passe-temps.
Elle n'eut dit ces mots entre ses dents,
Que le galant recommence la fête.
La dame étoit de bonne emplette encor ;
J'en ai, je crois, dit un mot dans l'abord :
Chemin faisant, c'étoit fortune honnête.

PENDANT cela, Colette appréhendant
D'être surprise avecque son amant,
Le renvoya, le jour venant à poindre.
Pinucio voulant aller rejoindre
Son compagnon, tomba tout de nouveau
Dans cette erreur que causoit le berceau,
Et pour son lit il prit celui de l'hôte.
Il n'y fut pas, qu'en abaissant sa voix,
(Gens trop heureux font toujours quelque faute.)
Ami, dit-il, pour beaucoup je voudrois
Te pouvoir dire à quel point va ma joie :
Je te plains fort, que le ciel ne t'envoie

Tout, maintenant même bonheur qu'à moi.
Ma foi, Colette est un morceau de roi :
Si tu savois ce que vaut cette fille !
J'en ai bien vu ; mais de telle entre nous,
Il n'en est point. C'est bien cuir le plus doux !
Le corps mieux fait, la taille plus gentille,
Et des tétons ! je ne te dis pas tout.
Quoi qu'il en soit, avant que d'être au bout,
Gaillardement six postes se sont faites ;
Six de bon compte, et ce ne sont sornettes.
D'un tel propos l'hôte tout étourdi,
D'un ton confus gronde quelques paroles.
L'hôtesse dit tout bas à cet ami,
Qu'elle prenoit toujours pour son mari ;
Ne reçois plus chez toi ces têtes folles :
N'entends-tu point comme ils sont en débat ?
En son séant, l'hôte sur son grabat,
S'étant levé, commence à faire éclat :
Comment, dit-il, d'un ton plein de colère,
Vous veniez donc ici pour cette affaire ?
Vous l'entendez ! et je vous sais bon gré
De vous moquer encor comme vous faites :
Prétendez-vous, beau monsieur que vous êtes,
En demeurer quitte à si bon marché ?
Quoi ! ne tient-il qu'à honnir des familles ?
Pour vos ébats nous nourrirons nos filles !
J'en suis d'avis. Sortez de ma maison :
Je jure Dieu que j'en aurai raison.
Et toi, coquine, il faut que je te tue.

A ce discours proféré brusquement,
Pinucio, plus froid qu'une statue,
Resta sans pouls, sans voix, sans mouvement;
Chacun se tut l'espace d'un moment,
Colette entra dans des peurs nompareilles.
L'hôtesse ayant reconnu son erreur,
Tint quelque temps le loup par les oreilles.
Le seul ami se souvint, par bonheur,
De ce berceau, principe de la chose.
Adressant donc à Pinuce sa voix :
T'en tiendras-tu, dit-il, une autre fois?
T'ai-je averti que le vin seroit cause
De ton malheur? Tu sais que quand tu bois,
Toute la nuit tu cours, tu te démènes,
Et vas contant mille chimères vaines,
Que tu te mets dans l'esprit en dormant :
Reviens au lit. Pinuce, au même instant,
Fait le dormeur, poursuit le stratagème,
Que le mari prend pour argent comptant.
Il ne fut pas jusqu'à l'hôtesse même
Qui n'y voulut aussi contribuer :
Près de sa fille elle alla se placer,
Et dans ce poste elle se sentit forte.
Par quel moyen, comment, de quelle sorte,
S'écria-t-elle, auroit-il pu coucher
Avec Colette, et la déshonorer?
Je n'ai bougé toute nuit d'auprès d'elle;
Elle n'a fait ni pis ni mieux que moi.
Pinucio nous l'alloit donner belle.

L'hôte reprit : c'est assez, je vous croi.
On se leva; ce ne fut pas sans rire :
Car chacun d'eux en avoit sa raison.
Tout fut secret, et quiconque eut du bon,
Par devers soi le garda sans rien dire.

FIN DES CONTES DE BOCCACE.

CONTES

TRADUITS

DU PERSAN.

CONTES

TRADUITS

DU PERSAN.

LE QADHY ET LE VOLEUR.

Dans des temps reculés, deux voleurs de grands chemins, dont le vol et le pillage étoient la seule occupation, se procuroient une certaine aisance avec le revenu de leur profession. Ils étoient bien connus dans les villes du Khorâçân, l'un sous le nom d'Ahhmed, fils de Zéyde; l'autre sous celui de Menssour, fils de Ssayd. Le premier étoit natif d'Isspahân; le second étoit un habitant de Chyrâz.

Un soir que les deux honnêtes associés s'humectoient à longs traits de la liqueur vermeille, animés par la chaleur du jus qui porte la joie dans le cœur des humains, ils en vinrent à vanter leurs talens à l'envi l'un de l'autre. Enfin Ahhmed défia son compagnon de tendre un piége au qâdhy de Bâghdâd, de le dépouiller de ses habits sans attenter sur sa personne, et

4. 12

sans employer d'autre force que celle d'argumens empruntés des sentences du prophète ou
de quelques autres maximes généralement ap-
prouvées, et de le laisser absolument nu. Il
lui promit pour récompense, en cas de succès,
mille dynârs et un banquet des plus somptueux
pour lui et pour ses amis. Menssour mit sa main
sur sa poitrine, accepta la proposition, fit sur-
le-champ tous les préparatifs nécessaires et se
mit en route pour Bâghdâd.

En approchant de la ville, il aperçut un
vieux karavanserâï où il descendit pour tracer
le plan de ses opérations et épier l'occasion
favorable pour y réussir. Le qâdhy de Bâghdâd
étoit alors Mohhammed Qaboul, homme savant,
pieux et doué de toutes les perfections. Il passoit
là presque tous les jours à jeûner, et ses nuits
étoient partagées entre la prière, la lecture du
divin Qorân et le sommeil. Sa sainteté et sa
conduite irréprochable lui avoient mérité le
respect du peuple, et la justice de ses décisions
étoit généralement admirée.

Tel étoit l'adversaire qu'avoit non-seulement à dépouiller, mais même à vaincre par
la force de ses argumens, un homme qui
s'étoit peu occupé du raisonnement des livres
saints, et point du tout des règles de la logique.

Mais le destin prend plaisir à réaliser des choses qui paroissoient impossibles, et met souvent dans la main du foible ce qui semble être hors de la portée du fort. Le qâdhy avoit fini de remplir les devoirs de sa charge, et s'étoit retiré pour satisfaire à ses dévotions du soir, lorsqu'il fut frappé de deux passages du livre saint, dont le premier portoit : « Qu'il » n'y a point de différence entre le sommeil » et la mort; » et le second : « J'aime la » prière dans les jardins et dans les prairies. » Ces mots firent une telle impression sur son esprit, qu'il résolut de renoncer pour cette nuit au sommeil, et de se rendre dans une jolie retraite qu'il avoit à quelque distance de la ville, où il pouvoit se livrer plus librement à la ferveur de la dévotion. En conséquence, il se lève, se baigne, se parfume, s'habille, sort de sa maison sans être aperçu, et monté sur une mule, prend le chemin de sa maison de campagne.

Le destin rigide voulut qu'au même moment le voleur sortît du karavanserâï, et après avoir fait quelques pas, rencontre le vénérable qâdhy. Il ne l'eut pas plutôt aperçu, qu'il le reconnut, et remerciant la providence d'une bonne fortune aussi inespérée, il tira son cimetère et

12.

cria d'un ton menaçant : « Ouskoùn A'llâ Me-
» qâmy; arrête. » A cette brusque apostro-
phe, le qâdhy resta immobile, et voyant un
homme robuste armé d'un sabre : « Mon frère,
» lui dit-il, sais-tu qui je suis? sais-tu que
» c'est au juge des vrais croyans que tu t'es
» attaqué ? crains d'être puni par celui qui
» a dit : Les justes auront leur récompense
» dans le ciel et les méchans dans l'enfer. »
— « Ah ! juge, répondit le voleur, si je
» n'avois pas la crainte de dieu devant les
» yeux, n'aurois-je pas fait usage de ce fer,
» et assuré mon impunité par la mort? mais
» dieu a dit : Demain est le jour du jugement,
» et tout entrera en ligne de compte. — Aussi
» je n'ai point attaqué votre vie, je ne vous
» demande que votre mule et votre robe,
» après quoi vous pourrez continuer votre
» route en toute sûreté. »

Le qâdhy s'en défendit de son mieux. Mais
Menssour n'étoit pas homme à se rendre à
ses représentations, charmé qu'il étoit du
succès inespéré qui avoit couronné ses ès-
pérances.

Dans cette situation, les plaintes et les remontrances de l'homme arrêté produisirent le
dialogue suivant.

LE QADHY.

Considérez, mon ami, que je suis sans défense, que je me suis trompé d'heure, considérez la dignité du rang que j'occupe comme juge, et celle de mon caractère comme philosophe.

LE VOLEUR.

Vous, juge, savant et philosophe! pouvez-vous vous prévaloir d'une prudence et d'un savoir qui n'ont pu découvrir la funeste influence des étoiles qui vous menaçoit cette nuit, ni prévenir le malheur qui vous est arrivé?

LE QADHY.

Je méprise et j'ai toujours évité de pareilles connoissances; notre saint prophète a dit: — Celui qui met sa confiance dans les étoiles, devient un infidèle. — Dieu me préserve donc d'une science aussi coupable!

LE VOLEUR.

Quoi! vous prétendez être guidé par les écrits du prophète en niant l'influence et l'origine divine des étoiles! Apprenez que vous avez attaqué dix passages des saintes écritures, et quiconque en nie un seul est condamné comme un infidèle.

Attaqué dix passages! de grâce, quels sont-ils ?

Les voici : 1. J'ai embelli d'étoiles le ciel qui cause l'admiration de la terre. — 2. J'ai fait les constellations du ciel. — 3. Le soleil, la lune et les étoiles obéissent aux ordres de dieu. — 4. J'ai fixé à la lune sa demeure, et elle revient exactement au lieu que je lui ai marqué. — 5. Je jure par le ciel où sont les constellations. — 6. Je ne jure point par les demeures des étoiles. — 7. Les étoiles ont une influence. — 8. Afin que vous puissiez connoître par les étoiles le nombre des années et des calculs. — 9. Le soleil fournit la course qui lui est prescrite. — 10. Je jure par les étoiles du ciel. — Vous vous êtes élevé, continua le voleur, contre chacun des ces passages, et, comme je vous l'ai déjà dit, nier un verset, un seul mot du sacré volume, c'est cesser d'être au nombre des vrais croyans. En conséquence, il ne vous reste point d'excuse à cet égard. Donnez-vous donc la peine de me céder votre robe et votre mule, après quoi vous pourrez vous retirer à votre aise.

LE QADHY.

Je vois bien qu'il m'est impossible de disputer plus long-temps contre toi au sujet de l'astrologie ; mais je te prie de me laisser aller faire mes prières, suivant les préceptes du prophète, qui a dit : « J'aime la dévotion dans les jardins et au milieu des lits de fleurs. »

LE VOLEUR.

Si vous suivez les préceptes de Mohhammed, pourquoi en avez-vous négligé un autre qui recommande de prendre un compagnon avant d'entreprendre un voyage? Si vous eussiez pris un compagnon de voyage, ou un domestique, je n'aurois pas la supériorité sur vous, et vous ne seriez pas dans l'embarras où vous vous trouvez.

LE QADHY.

Mon frère, notre prophète a dit : « Celui-» là est un vrai croyant qui protége les autres » croyans. » Comment peux-tu prétendre à ce titre, si tu persistes à me tourmenter et si tu refuses de me laisser aller ?

LE VOLEUR.

Le créateur a dit aussi : « Le matin du jour
» de l'examen des hommes, leurs pieds et
» leurs mains me parleront, et porteront
» témoignage pour ou contre leurs actions. »
Ce sont vos mains et vos pieds qui vous ont
engagé dans ce dilème, et par conséquent,
vous vous êtes condamné vous-même. Hâtez-
vous donc de descendre et de m'abandonner ce
qui ne vous appartient pas plus : car le matin
approche, et je ne peux plus différer.

LE QADHY.

Je vous conjure de renoncer à votre projet.
Tourmenter les hommes est l'emploi de l'esprit
malin.

LE VOLEUR.

Si je suis un malin esprit, vous êtes un infidèle ; car dieu a dit : « J'enverrai le démon
» pour tourmenter les infidèles. »

LE QADHY.

Ami, le saint prophète a dit : « La modestie
» convient à mes sectateurs, et je ne reconnaî-
» trai pas ceux qui n'en auront point. »

LE VOLEUR.

Il a dit aussi : La modestie fait tort à l'intérêt ; et dans le cas présent, ce seroit folie.

Le qâdhy étoit confondu ; surpris de l'intelligence et de la sagacité des raisonnemens de son
adversaire, il resta quelques momens embarrassé ; enfin, reprenant courage, il renoua la
conversation, et dit au voleur : Ami, considère
la méchanceté de ta conduite, et crains la vengeance du Tout-Puissant, qui a prononcé sa
malédiction contre ceux qui font quelque tort
à ses créatures.

LE VOLEUR.

Vous vous êtes fait tort à vous-même, en
vous exposant au danger, à l'heure qu'il est,
seul, sans serviteurs ni défenseur. Ainsi la
malédiction de dieu retombera sur vous.

LE QÂDHY.

Allons, méchant homme, cessez ce babil
importun, et laissez-moi m'en aller en paix,

LE VOLEUR.

Vous m'appelez méchant ; en ce cas je dois
m'emparer de vôtre mule et de tout ce que

vous avez : car il est écrit dans le sacré Qorân :
Les actions des méchans seront injustes.

LE QADHY.

Mais, dans le même livre, il est écrit aussi :
Soyez miséricordieux, afin qu'on vous fasse
miséricorde.

LE VOLEUR.

Je suis miséricordieux envers vous, car
je ne vous prends que votre mule et le peu
de chose que vous avez sur vous, ce qui, atten-
du vos richesses, sera pour vous une bien petite
perte, tandis que j'en tirerai un grand profit.

LE QADHY.

Mais, ami, souvenez-vous qu'il y a un dieu
juste qui punit l'injustice ; qui, quoique lent
dans ses voies, est infaillible dans la récompense des actions de ses créatures, qui a dit :
Dans ma colère, je suis vindicatif, irrésistible.

LE VOLEUR.

Il a dit aussi : Celui qui se répent est comme
celui qui n'a pas péché.

LE QADHY.

Jeune homme, abandonnez ce projet criminel, et comptez que celui qui a dit : J'ai pourvu dans le ciel au bonheur des bons, vous gardera une honnête récompense.

L E   V O L E U R.

Il a dit de même : « Depuis le commencement des temps, j'ai décrété des moyens » pour fournir à mes créatures leur subsistance de tous les jours. » Et, sans doute depuis ce moment, sa providence vous destinoit à être mon bienfaiteur ; cessez donc de me faire des remontrances, et donnez de bonne grâce ce que je vous ai demandé.

L E   Q A D H Y.

Ami ; le monde est un champ bien vaste, que d'autres servent à vos vœux.

L E   V O L E U R.

Ami, je suis venu ici pour y chercher du gibier, à présent que j'ai pris un si noble oiseau, le laisserai-je échapper ? la raison me le défend.

L E   Q A D H Y.

La raison ordonne que vous me laissiez aller ; car la loi a prononcé une peine sévère contre le crime que vous projetez : Tout voleur, mâle ou femelle, doit avoir le poing coupé.

LE VOLEUR.

Il est vrai, qâdhy ; mais une maxime bien connue, c'est que la nécessité n'a point de loi, et prescrit elle-même l'obéissance. Or je vous apprends que ma fille se marie. Je n'ai d'autre moyen de pourvoir aux frais de noces, qu'en m'emparant d'une partie du superflu des riches : c'est pour cela que je suis venu ici, et mon heureuse étoile a couronné mon espérance en vous amenant vers moi.

LE QÂDHY.

Ami, si c'est réellement le besoin qui vous a conduit à cette action, accompagnez-moi jusqu'à mon jardin, qui est ici près. Non-seulement je soulagerai votre indigence actuelle, mais je vous donnerai mille pièces d'argent, pour vous mettre en état de vivre désormais en honnête homme.

LE VOLEUR.

Je vous rends grâces ; mais je n'ai pas envie de me faire prendre par vos gens, et de vous faire rire à mes dépens. La prudence m'en

empêche, et notre religion même me le défend, en disant : Ayez soin de ne pas vous
exposer vous-même à votre perte. Il n'y a
donc absolument pour vous d'autre ressource que de satisfaire promptement à ma
demande.

LE QADHY.

Ami, je jure solennellement que je ne
veux ni vous tromper, ni vous faire du mal.
Je remplirai fidèlement ma promesse, et
croirai encore vous avoir obligation. Ainsi,
je vous prie, accompagnez-moi sans inquiétude.

LE VOLEUR.

Ah ! qâdhy, croyez-vous que je n'aperçoive pas la finesse de cette promesse ? Nous
connoissons tous la déclaration du Prophète :
Celui qui a fait un serment par contrainte,
peut le rompre sans péché.

LE QADHY.

Je suis véritablement surpris que vous
doutiez de ma sincérité ; mais je consens à
vous donner sur-le-champ un billet par lequel
je m'obligerai, par ma signature, à vous en
payer le montant.

LE VOLEUR.

Non, qâdhy; cela ne vaut rien non plus: quelque chose que je pusse dire, mes assertions n'auroient aucun effet, si elles étoient démenties par vous quoique faussement. Je ne puis donc accepter votre proposition, et comme le temps me presse, je ne peux attendre plus long-temps.

Cette déclaration, faite d'un ton ferme, mit fin à leur conversation. Le qâdhy voyant qu'il n'y avoit point de ressource, que son adversaire méprisoit les préceptes du saint Qorân, et rejetoit toute espèce d'arrangement, descendit en grommelant de dessus sa mule, et détacha à regret sa robe et son turban. Menssour tout joyeux s'en affubla promptement, et voulut absolument que le juge lui en fît compliment. Celui-ci hésitant encore à lui donner son vêtement de dessous, le voleur lui rappela un verset qui recommande à tous les vrais croyans de changer de vêtemens; d'où concluant que le qâdhy en avoit d'autres chez lui, tandis que lui n'en avoit pas du tout, il le força encore à s'en défaire: ne voulant même perdre aucune partie de sa proie, il exigea jusqu'à la

grande culotte, lui disant qu'il auroit alors
le mérite de lui avoir donné un habillement
complet. Le juge affligé fit de fortes remontrances contre l'injustice de cette demande,
surtout à l'approche de l'heure de la prière,
pendant laquelle le Prophète défend d'être
nu; mais le voleur lui répondit : La nudité
est permise dans le cas d'une absolue nécessité, comme si en plongeant dans l'eau, on
perdoit ses habits; ou même on peut en ce
cas remettre la prière à un autre moment.
Vous êtes à présent plongé dans le gouffre
du malheur, ainsi il vous est permis de prier
nu. Le qâdhy voyant son ennemi inébranlable dans sa résolution, quitta, en se désespérant, sa grande culotte, et eut le chagrin
de voir le voleur triomphant, qui, monté
sur sa mule, et revêtu de tous ses habits,
s'en alloit en chantant :

Adieu, seigneur qâdhy, je suis de vos amis,
Grand merci de la mule et de vos beaux habits;
Ils feront ma parure en quelque jour de fête,
Et votre beau turban va décorer ma tête.

Il retourna gaîment trouver son camarade,
et recevoir la récompense de son succès,
tandis que le pauvre juge, seul et honteux,

s'en alla tout chagrin jusque chez lui ; dé-
plorant la méchanceté de la nature humaine,
et se repentant de s'être hasardé seul, au
milieu des piéges d'un monde corrompu.

HHATEM-THAÏ (1).

Un roi de Khârezme avoit un fils doué de grands talens et orné des plus belles connois-

---

(1) Hhâtem-Thâï, le héros fabuleux de ce Conte, vivoit peu d'années avant l'apparition de l'Islamisme.

Voici ce que dit de lui d'Herbelot, dans sa *Bibliothèque orientale*.

« Ce personnage, qui d'ailleurs étoit vaillant et savant, s'est rendu si célèbre par sa libéralité, qu'il a fait, pour ainsi dire, perdre le nom à cette vertu ; car lorsque l'on veut louer un homme de sa libéralité, on le qualifie toujours du nom de *Hatem-Thái*.

« Il vivoit avant le mahométisme, et ne fût point musulman ; mais Adi, son fils, le devint l'an 7 de l'Hégire, et on le met au nombre des Sahabah, c'est-à-dire, des compagnons ou contemporains de Mahomet. Cet Adi mourut à Coufah, l'an 68 de l'Hégire, âgé de cent-vingt ans, et portoit le titre de *Giovad ben Giaouad*, le libéral, fils du libéral par excellence.

« Le surnom de Thaï, que Hatem porte, lui est donné parce qu'il étoit issu de la tribu ou famille de Thaï, qui a donné son nom à une contrée particulière de l'Arabie. On voit encore son sépulcre, qui y est visité et révéré, dans une bourgade qui porte le nom d'Aovaredh. »

4. 13

sances. Ce jeune prince ayant entendu faire
l'éloge de Hhussn - Banou, princesse célèbre
par sa beauté, conçut un ardent désir de la
voir ; mais pour s'assurer avant de la vérité
de la renommée, il envoya un peintre habile
pour l'examiner et lui rapporter son portrait.
L'artiste en conséquence partit pour Châhâbâd

Les exemples de la libéralité de Hatem sont si connus
par les ouvrages de Saadi et d'autres auteurs, qui
sont maintenant entre les mains de tout le monde,
qu'il m'a paru inutile de les rapporter ici. Le plus fameux est celui qu'il donna à un ambassadeur de l'em-
pereur grec, envoyé exprès pour lui demander en don
un cheval de très-grand prix de la part de son maître ;
car ce généreux Arabe, avant que d'apprendre le sujet
de sa légation, et n'ayant rien dans sa maison de quoi
le régaler, à cause du mauvais temps qui lui ôtoit le
commerce de la campagne, avoit fait tuer son cheval
pour faire festin à son hôte.

« L'on dit aussi qu'il faisoit tuer souvent jusqu'à quarante chameaux, pour traiter ses voisins et les pauvres
Arabes du désert. » *Biblioth. Orient.* au mot *Hatem.*

Les aventures suivantes lui sont attribuées dans une
des sept entreprises qu'il est supposé avoir mises à fin,
pour résoudre autant de questions proposées par une
princesse nommée Hhussn - Banou, dont la personne
et la couronne devoient être la récompenee de quiconque y pouvoit répondre d'une maniere satisfai-
saute.

où résidoit la princesse, et à son arrivée fut reçu comme d'autres étrangers avec tous les égards de l'hospitalité. Les gens du palais, après l'avoir bien accueilli et lui avoir fait voir tout ce qui étoit digne d'attention, le conduisirent à leur maîtresse pour prendre congé d'elle. Elle lui fit plusieurs questions sur sa situation, et lui donna de l'argent pour les frais de son voyage. Le peintre qui n'étoit pas d'humeur à faire de nouveaux voyages, demanda qu'il lui fût permis de rester à son service, où il désiroit ardemment, disoit-il, passer le reste de ses jours. Hhussn – Banoù s'informa de sa profession, et apprenant qu'il étoit peintre, et assez habile pour tracer la lune derrière un voile, elle consentit à le garder auprès d'elle.

Après un court intervalle, la princesse eut envie d'avoir son portrait ; mais elle ne savoit comment y parvenir, parce que les appartemens des femmes étoient inaccessibles à son hôte, vu sa qualité d'étranger. Elle proposa de se faire peindre à travers un voile. Mais le peintre lui suggéra l'expédient de se placer sur un parquet élevé, et de tenir les yeux fixés sur un vase d'eau placé au-dessous qui réfléchiroit son image. Ce moyen fut goûté et

13.

réussit. L'artiste fit deux portraits de la plus
exacte ressemblance, sans omettre un signe
ou un seul cheveu, et présentant l'un à Hhussn-
Banoù, il garda l'autre; puis, quelque temps
après, sous prétexte d'aller voir sa famille,
il demanda son congé qu'il obtint, avec de
l'argent pour se défrayer, et bientôt rejoignit
le prince Khârezme avec l'objet de sa commission.

En voyant le portrait le prince fut frappé
d'admiration, et forma en même temps le
projet d'en aller voir l'original, sans attendre
la permission de son père.

Sans argent, sans préparatifs, sans faire
part de son projet à personne, sans compagnon enfin, il sort à minuit du palais de son
père et s'abandonne à la garde de Dieu.

Après quelques jours de fatigue, il arrive
à Châhâbâd, et reçoit des gens de la princesse
les marques ordinaires de politesse. Le jour
suivant on lui offrit de l'argent pour continuer
sa route; mais il le refusa en disant qu'il n'en
avoit pas besoin. On insista en lui observant
qu'il lui en falloit bien pour payer ses dépenses;
toute instance fut inutile; et l'on alla en avertir
la princesse : « Un étranger, lui dit-on, arrivé
» d'hier, ne veut ni manger les mets qu'on

» lui a préparés, ni accepter l'argent qu'on
» lui offre. » Hhussn-Banoù, sur ce rapport,
l'envoya chercher et lui dit : « Étranger, pour-
» quoi ne prends-tu pas ce qu'on te propose ?
» l'or te seroit utile dans le temps de l'adver-
» sité, et redonneroit un nouveau coloris à
» tes joues. — Je n'ai besoin, répondit le
» prince, ni d'or ni de trésor. Je suis le fils
» du roi de Khârezme ; votre portrait, char-
» mante princesse, m'a enflammé du plus
» violent amour, et je brûle du désir de con-
» templer ces traits qui ont triomphé de ma
» liberté. »

A ces mots la princesse baissa la tête, et
après un moment de silence, lui dit : « Renonce,
» jeune homme, à ce vain désir. Quand tu
» serois le zéphir, tu ne pourrois voltiger
» dans les tresses de mes cheveux. — Eh bien,
» je sacrifierai ma misérable vie sur le seuil
» de la porte de votre palais. — Cela est beau-
» coup plus aisé que de me voir. Cependant,
» si tu es inébranlable dans ton dessein, je
» puis être à toi, à certaines conditions ; mais
» si tu y manques, je te défends de prononcer
» jamais mon nom. » L'offre fut acceptée
de grand cœur, et la princesse exposa la première condition en ces termes : « J'ai vu ; je

» désire de revoir. Va, apporte-moi des nou-
» velles de cette personne, et quel objet a pu
» causer cette exclamation. Quand tu auras
» satisfait à mes désirs sur cet article, je te
» ferai connoître la seconde condition. »

Le prince demanda dans quel endroit on pouvoit trouver cette personne. On lui répondit que si la princesse le savoit elle pourroit employer ses gens pour se procurer l'information dont elle avoit besoin. A cette fatale réponse, sa tête tomba sur sa poitrine, désespérant du succès, puisqu'il ne savoit où diriger ses pas, il prit le parti de mourir dans la ville qui renfermoit l'objet de ses vœux. Mais Hhussn - Banoù lui reprocha son désespoir, refusa de garder dans l'enceinte de ses murs un amant si timide, et finit par l'en chasser avec ignominie. Le prince, réveillé de son engourdissement, déclara sa résolution de se mettre en route vers le désert, et de faire tous ses efforts pour chercher les traces et l'habitation de la personne à laquelle on avoit entendu faire cette exclamation. « Je pars,
» dit-il, et si la fortune m'est favorable, j'en
» bénirai le ciel, sinon je mourrai, victime
» volontaire. Mais, avant que je m'éloigne,
» dites-moi combien de temps vous m'atten-

» drez. — Un an, répondit la princesse. »
L'entreprise arrêtée, on servit au prince un
repas somptueux. Les gens du palais lui lavè-
rent les pieds, et leur maîtresse s'étant informée du nom de son amant, qui s'appeloit
Monyr – Châmy, lui donna de l'argent pour
les dépenses du voyage, et le congédia.

Voilà le prince en route, aveugle pour tout
ce qui s'offroit à ses yeux, sourd à tout ce qui
frappoit ses oreilles, suivant le chemin qui
mène au désert, et errant, avec un cœur affligé, à travers les montagnes et les forêts.

Après avoir marché long - temps, ses pas
vagabonds le conduisirent enfin sur les con-
fins de l'Yémen. Un jour qu'il s'étoit arrêté
à l'ombre d'un arbre, occupé à gémir sur la
rigueur de son destin, et que les larmes couloient de ses yeux comme une pluie de printemps, le hasard voulut que Hhâtem-Thâï, ce
prince si renommé dans toute l'Arabie pour
son incomparable générosité, vînt dans le
même endroit; et voyant un jeune homme
bien mis et d'une rare beauté, plongé dans la
détresse, le cœur compatissant du prince arabe
s'ouvrit à sa douleur, et des larmes mouillè-
rent ses yeux.

Il s'approcha du prince et lui dit d'un ton

de voix doux et caressant : « Frère, que t'est-
» il arrivé ? quels revers peut causer tes
» plaintes ? » L'infortuné leva les yeux et ne
vit pas sans étonnement un jeune homme ma-
jestueux comme un prince, d'un air gracieux,
d'une contenance céleste, dont un léger duvet
ombrageoit à peine les joues, richement habillé, et couvert d'une éclatante armure.
« Jeune homme, répondit-il, comment oserai-
» je vous faire un récit qui ne pourra mériter
» votre confiance ? — Bannissez toute inquié-
» tude, reprit Hhâtem, et confiez - moi les
» secrets de votre cœur. Si je peux vous être
» de quelque utilité j'en rendrai grâce à Dieu.
» L'argent peut-il vous consoler ? je suis prêt
» à vous en donner ; quelques soient vos be-
» soins, ma vie est à votre service. —Généreux
» étranger, interrompit le prince, puisse
» Dieu veiller sur vos jours ! » Et tirant le
portrait de son sein, il le remit dans les mains
de Hhâtem, en lui disant : « Voyez et jugez
» vous-même de ma situation. »

Le prince d'Yémen prit le portrait, et fut
frappé d'admiration, ensuite ayant entendu
l'histoire qui l'accompagnoit, il promit de
ceindre ses reins pour rendre service à l'a-
mant sans espoir, qu'il détermina à le suivre

jusque dans son palais, pour y prendre les rafraîchissemens dont il avoit besoin. Il consacra les trois jours suivans à consoler son hôte ; et lorsqu'il le vit un peu rassuré, il partit avec lui pour Châhâbâd, après avoir eu la précaution d'assembler ses domestiques et de leur enjoindre de secourir les passagers et de donner l'aumône aux pauvres, comme s'il eût été toujours présent, afin que son départ restât ignoré.

Après quelques jours de fatigue, les illustres voyageurs arrivèrent dans la ville de Hhussn-Banoù ; conduits à son palais, ses gens leur apportèrent des provisions pour leur repas, et de l'argent pour continuer leur voyage. Mais Hhâtem refusa l'un et l'autre, disant qu'il n'étoit venu chercher ni des vivres ni de l'or.

Hhussn-Banoù en étant informée, les envoya chercher et leur demanda pourquoi ils refusoient des dons qui pourroient leur être utiles ; « car, ajouta-t-elle, il n'est pas jusqu'à la » tête d'un serpent qui ne puisse servir dans » l'occasion. — On ne s'élève que pour tom- » ber, répondit Hhâtem. Je suis venu ici attiré » par la réputation de votre beauté, et de vos » perfections. Je ne toucherai aux mets que

» vous m'avez fait servir qu'à une condition.
» Si je suis refusé, je sors de cette ville sans
» satisfaire ma faim ni ma soif. » Elle demanda
quelle étoit cette condition ; c'étoit de voir
ses traits ravissans, après quoi il se soumettroit
à ses ordres, quels qu'ils fussent. La princesse
déclara que cette entrevue étoit impossible à
moins qu'il ne répondît à sept questions. Le
prince désira de les connoître, et stipula que
s'il pouvoit y satisfaire, Hhussn-Banoù seroit
entièrement à sa disposition. La princesse y
consentit ; on convint que Hhâtem pourroit la
donner à un autre, ou la garder pour lui,
quand une fois elle lui appartiendroit ; et plusieurs personnes furent appelées pour servir
de témoins. Alors Hhâtem consentit à prendre
de la nourriture, et introduisant Monyr-
Châmy, comme son frère, pria la princesse
de vouloir bien le laisser rester sous sa protection dans sa ville jusqu'à son retour, ce
qu'elle lui accorda. Il lui demanda quelle étoit
la première question : on lui répéta celle qu'on
avoit déjà proposée à Monyr-Châmy ; c'est-à-
dire, quel étoit l'objet vu et désiré encore par
la personne qui s'étoit écriée : « J'ai vu, et je
brûle de revoir. » Hhâtem ayant reçu cette ins-
truction, prit congé de la princesse, et partit.

Il ne savoit pourtant où aller, qui demander, quel étoit l'objet de son voyage ; mais faisant réflexion que ses motifs étoient purs et désintéressés, et qu'il avoit ceint ses reins pour une entreprise méritoire, et pour l'amour de son semblable, il mit sa confiance en Dieu, et marcha vers le désert.

Au bout de quelques jours il arriva dans un lieu sauvage et inhabité, où nul oiseau ne faisoit retentir les airs du bruit de ses ailes. Il continua sa route, et peu de jours après il vit passer à travers le chemin une chevrette pleine poursuivie par un loup prêt à la saisir. « Arrête, barbare, s'écrie Hhâtem, suspens ta » poursuite ; ne vois-tu pas qu'elle est pleine, » et que le lait coule de ses mammelles ? » A ces mots le loup s'arrête étonné, et le fixant, lui demande si la personne qui montroit tant d'humanité n'étoit pas Hhâtem. — « D'où sais-tu mon nom ? — Le nom de » Hhâtem est connu partout. De tous les hom » mes il est le seul qui soit dans des disposi » tions aussi généreuses envers l'espèce des » animaux. Cependant il faut que tu me » donnes de quoi satisfaire ma faim puisque » tu m'as fait perdre ma proie. — Que veux- » tu manger ? — De la chair : c'est ma nour-

» riture ordinaire. — La chair de mon corps
» est tout ce dont je puis disposer ; si tu veux
» l'accepter, tu l'auras. » Le loup répondit
que la cuisse d'un homme étoit pour lui le
mets le plus délicat. Hhâtem tira son couteau
de sa gaîne, et coupant une tranche de sa
cuisse, la donna au loup qui la mangea avec
grand plaisir.

Ensuite la conversation tomba sur l'objet
du voyage de Hhâtem, et le loup ayant appris
la nature de son entreprise, et la question
proposée par Hhussn – Banoù, lui dit avoir
entendu dire à d'autres que dans un endroit
appelé le désert d'Hoveydah, on avoit vu et
entendu une personne semblable à celle dont
il parloit. Hhâtem s'informa où étoit ce désert,
et le loup lui recommanda, quand il rencon-
treroit deux routes de prendre celle à droite
qui le conduiroit au désert d'Hoveydah. Le
loup partit, et la chevrette prit aussi congé
de lui, après avoir adressé au ciel l'humble
prière de la reconnoissance.

Ils se retournèrent de temps en temps pour
voir si Hhâtem les suivoit ; mais, hélas ! ses
douleurs devenoient de plus en plus vives.
Enfin ne pouvant plus continuer son voyage,
il se jeta au pied d'un arbre où il s'endormit

d'un profond sommeil qui duroit encore lorsque deux chaghâls à qui cet arbre servoit d'asile,
et qui s'étoient écartés pour aller à la provi-
sion, revinrent, et, à la vue d'Hhâtem, eurent
entr'eux la conversation suivante : « Que
» vois-je, dit la fémelle ? c'est un enfant
» d'Adam ! d'où peut-il venir ?.... Chassons-
» le bien vîte de notre habitation ; car nous
» ne pourrions nous accorder avec un être
» d'une espèce si différente de la nôtre. —
» Peut-être est-ce Hhâtem, répondit le mâle,
» qui cherche le désert d'Hoveydah, et qui est
» affoibli par la blessure qu'il s'est faite à la
» cuisse. — Quelle raison vous fait croire que
» c'est lui ? — C'est que mes ancêtres ont
» prédit que ce jour même il devoit venir
» sous cet arbre. » Alors la fémelle s'informa
de l'histoire d'Hhâtem, et le mâle le lui peignit
comme le prince d'Yémen, le favori de Dieu,
qui le destinoit à plusieurs épreuves, pour le
conduire à la perfection. Il lui raconta ensuite
comment il avoit sauvé la chevrette de la fureur du loup, et racheté sa liberté à ses propres dépens. La fémelle admira la bienveillance de l'espèce humaine, et le mâle se joignit
à elle pour l'exalter au-dessus de toutes les
autres ; mais il distingua Hhâtem comme le

plus bienfaisant et le plus magnanime des humains, admirablement instruit de la nature de la divinité, et assez dévoué à son culte pour ne pas refuser de donner sa propre chair en offrande à Dieu.

Alors la fémelle lui demanda comment Hhâtem pourroit fermer sa plaie et continuer sa route. « La cervelle de l'oiseau Perry-Roù,
» répondit le mâle, appliquée sur sa cuisse,
» lui procureroit sur-le-champ une parfaite
» guérison. Mais il est très — difficile de se la
» procurer ; l'oiseau, qui est un assemblage
» de l'homme et du paon, habite le désert
» de Mâzendérân, où l'on ne peut le prendre
» que par le moyen d'un doux breuvage qui
» le fait danser et gambader, jusqu'à ce qu'il
» s'apprivoise, et veuille s'associer avec l'es-
» pèce humaine, et surtout avec le beau sexe,
» pour lequel il ressent alors une affection
» particulière. »

La fémelle témoigna le plus pressant désir que l'on pût se procurer cet oiseau, de quelque manière que ce fût, pour donner du secours à Hhâtem. Enfin le chaghâl s'offrit pour y aller, à condition qu'en son absence elle s'engageroit à prendre soin du jeune homme pendant sept jours et sept nuits. Elle y consentit volontiers, et promit que tant qu'il lui resteroit un souffle de vie, sa personne seroit respectée; ajoutant qu'elle désiroit que l'espèce humaine pût avoir quelques obligations à la brute.

En conséquence, le mâle partit sans perdre de temps, pour le Mâzendérân, et trouvant heureusement l'oiseau précieux endormi sous un arbre, il lui arracha la tête, et revint, au temps marqué, rejoindre son impatiente compagne, qui, pendant son absence, n'avoit pris aucun repos, veillant jour et nuit sur le dépôt qui lui étoit confié, et le défendant contre l'approche de tout animal qui auroit pu lui nuire. Elle reçut avec joie la tête du Perry-Roù, et lui ayant brisé le crâne, elle en prit la cervelle et l'appliqua sur la cuisse de Hhâtem qui se trouva guéri sur-le-champ.

Il se leva et témoigna sa reconnoissance à ses bienfaiteurs, pour le service important qu'ils venoient de lui rendre. Cependant il ne put s'empêcher de regretter que sa guérison eût coûté la vie à un être animé : « Sois tran- » quille, dit le chaghâl. Que ce meurtre retom- » be sur ma tête. Tout brute que je suis, je » sais que le créateur est miséricordieux en- » vers ses créatures. » Quelque temps se passa

dans ces sortes de conversations. La plaie de
Hhâtem se cicatrisa, et bientôt il eut recouvré
toutes ses forces.

Son cœur reconnoissant s'épancha en témoignages de gratitude, et à son tour, il conjura
les chaghâls de lui demander les services qui
pourroient dépendre de lui, protestant qu'il
étoit prêt à exposer sa vie pour répondre aux
désirs de ses libérateurs. Cette offre ne fut
point rejetée ; il apprit d'eux, que leurs petits étoient dévorés, tous les ans, par deux
hyènes qui infestoient tout le voisinage , et
que s'il pouvoit les mettre désormais à l'abri
des insultes de ces cruels ennemis, ils s'estime-
roient trop récompensés de leurs services, et
se regarderoient même comme en reste avec
lui. Hhâtem se fit conduire à leur repaire , et le
trouvant vide, il s'assit, jusqu'à ce que la nuit
en eût ramené les farouches habitans. A l'aspect d'un homme, les deux monstres grincèrent
les dents d'une manière effrayante ; et d'un ton
terrible et menaçant lui ordonnèrent de se retirer et de poursuivre sa route, s'il ne vouloit à
l'heure même être mis en pièces sur la place.
« Créatures de dieu , répondit Hhâtem avec
» douceur , si vous faites cas de la vie pour
» vous-même, respectez celle des autres êtres,

» et craignez que vos actions ne soient la règle
» du traitement que vous éprouverez vous-
» même. Pourquoi détruisez - vous les petits
» des chaghâls sans défense ? Ne craignez-vous
» pas le courroux du Tout - Puissant ? Ecou-
» tez-moi et amendez - vous. — Pourquoi,
» répondirent-ils, t'amuser à déplorer le sort
» des jeunes chaghâls? pense au tien; car tu vas
» bientôt en avoir de fortes raisons. » Hhàtem
continua ses remontrances, et les pressa, au
nom de dieu, leur Créateur et celui du monde
entier, de renoncer à leur vie criminelle et de
le désarmer par leur repentir ; autrement la
justice divine ne manqueroit pas, tôt ou tard,
de les atteindre. Tous ces raisonnemens furent
sans succès. Ils refusèrent opiniâtrement de
suivre son avis; enfin, voyant que leur cœur
étoit trop endurci pour se laisser toucher, il
sauta sur eux à l'improviste et leur pressa la
gorge contre terre, sans cependant leur ôter
la vie ; car son humanité lui rappeloit dans
ce moment même qu'il n'avoit jamais fait le
moindre mal à aucune créature vivante. Mais
comme la raison et la justice exigeoient qu'ils
fussent punis, il leur brisa les dents avec sa
dague, et leur arracha les griffes. Ensuite il
pria dieu de soulager leurs douleurs. Sa prière

fut exaucée par celui qui reçoit favorablement
celle des justes, et les Hyènes se trouvèrent
soulagées. Alors dégagées de leurs liens, elles
tombèrent aux pieds du héros, et lui demandèrent comment elles pourroient pourvoir à
leur subsistance, à présent qu'elles étoient
privées des armes qu'elles tenoient de la nature.
Il leur dit de s'en rapporter à la providence, et
dans le moment les chaghâls venant à paroître,
s'engagèrent à les nourrir pendant toute leur
vie. Après cet accord, Hhâtem prit congé d'eux
et continua son voyage.

A peine étoit-il parti, que la fémelle du
chaghâl réfléchit qu'il y auroit de l'ingratitude
à laisser leur libérateur s'éloigner seul. Le
mâle, à sa prière, courut après Hhâtem, et lui
offrit ses services pour l'accompagner et le
conduire jusqu'au désert d'Hoveydah. Mais
Hhâtem ne voulut pas consentir à ajouter de
nouvelles obligations à celles qu'il avoit déjà
à ses amis. Il insista pour qu'on le laissât aller
seul, priant seulement qu'on voulût bien lui
montrer le meilleur chemin. Le chaghâl lui
observa que la route la plus courte étoit pleine
de dangers ; que l'autre, qui faisoit un grand
circuit, avoit aussi beaucoup de difficultés, et
que c'étoit pour cela qu'il vouloit être son guide.

Hhâtem le pria de lui montrer le chemin le plus court, persuadé que dieu lui en applaniroit les difficultés ; alors, le chaghâl lui dit d'aller tout droit jusqu'à ce qu'il rencontrât quatre chemins, dont celui qui seroit devant lui, le conduiroit à Hoveydah, s'il ne lui arrivoit rien en route qui l'empéchât d'y arriver. Hhâtem congédia ensuite le chaghâl, et continua son voyage jusqu'à ce qu'il eût trouvé les quatre chemins qu'on lui avoit indiqués. Il prit celui qui étoit devant lui, comme on le lui avoit prescrit.

Il n'avoit pas marché long-temps dans cette route, lorsqu'il vit un troupeau de mille ours qui, avec leur roi, cherchoient leur nourriture. Quelques-uns d'eux l'ayant aperçu, en donnèrent aussitôt avis à leur souverain, qui ordonna qu'on l'arrêtât. Mais ayant ensuite jeté sur lui un regard de bonté, il voulut qu'on en prît soin et qu'on le conduisît à son palais. A son retour, il le fit venir en sa présence, s'informa de l'objet de son voyage, et lui demanda si son nom étoit Hhâtem ; ayant reçu à ces questions des réponses satisfaisantes, le roi montra une grande joie de cette rencontre, s'écriant : Qu'à présent il alloit marier sa fille ; qu'il avoit cherché long-temps un mari digne d'elle, mais qu'il n'avoit pas

14.

voulu la donner à un de ses sujets. Hhâtem,
entendant cette invitation indirecte, baissa la
tête et cacha son visage dans son manteau. Le
roi des ours s'en aperçut, et lui en demanda
la cause, en lui disant : Pourquoi ne me re-
pondez-vous pas? me regardez-vous comme
indigne d'être votre beau-père? Vous êtes
d'une espèce, interrompit Hhâtem, et moi je
suis d'une autre : comment peut-il y avoir entre-
nous quelqu'alliance? O! dit l'ours, en fait de
plaisirs et de jouissances sensuelles, l'homme
et la bête sont égaux. Mais, soyez tranquille,
ma fille est aussi belle que vous, et ne vous
déshonorera nullement : à ces mots, il ordonna
qu'on fît avertir, et dit à Hhâtem de se préparer
à l'entrevue. Celui-ci se leva pour aller faire la
visite exigée, et fut très-étonné de trouver une
figure resplendissante comme la pleine lune, et
douée de presqu'autant de grâce et de beauté
qu'une figure humaine. Surpris et confondu, il
revint en présence du roi, où après plusieurs
éloges de la princesse, il se déclara indigne de
l'honneur qui lui étoit proposé. Mais le roi savoit qu'il étoit le prince d'Yémen, et ne voulut
accepter aucune excuse. Hhâtem restoit muet
et confus, réfléchissant sur sa position et sur
l'impossibilité où il alloit être d'achever son

voyage, s'il consentoit à rester. L'ours vit
son embarras, et piqué de sa répugnance, le
menaça d'une prison éternelle, s'il rejetoit sa
proposition. Hhâtem fit la même réponse
qu'auparavant; l'ours, enflammé d'indignation,
ordonna qu'on l'emmenât et qu'on l'enfermât
dans une caverne souterraine. Ses ordres
furent exécutés à l'instant. On dérangea une
grosse pierre qui étoit à l'entrée de la caverne,
on le poussa dedans; puis, sans lui donner
ni à boire, ni à manger, on replaça la pierre
et on le laissa là.

Quinze jours s'étoient écoulés, lorsque le
roi des ours, comptant sur l'influence qu'auroient pu avoir sur l'esprit de son prisonnier
la faim et la soif, le fit venir et lui offrit encore
sa fille. Hhâtem garda le silence. On lui apporta
des rafraîchissemens, de l'eau, des fruits.
Lorsqu'il eut satisfait son appétit dévorant,
le roi lui renouvela ses offres. Mais Hhâtem
répondant comme auparavant: « Quelle union
» peut-il y avoir entre l'homme et la bête ? »
on le reconduisit à sa triste prison, où il resta
encore quelques jours, souffrant la faim et la
soif, jusqu'à ce qu'un vieillard lui apparut la
nuit pendant son sommeil, et lui dit : « Hhâtem,
» pourquoi négliges-tu l'affaire qui t'a amené

» ici, en refusant d'accepter la proposition
» qu'on te fait? Si je me marie, répondit-il,
» comment pourrai-je obtenir la permission
» de continuer mon voyage? Le sage ré-
» pondit: en le faisant, tu obtiendras ta li-
» berté, sinon tu mourras dans cette caverne.
» Quand la fille de l'ours sera contente de toi,
» tu obtiendras facilement la permission de
» partir. »

Hhâtem s'éveille; il garde ce discours dans
sa mémoire, et le matin, lorsqu'on l'amena
devant le roi, celui-ci lui ayant répété ses
offres, il consentit à les accepter. Au même
instant, le roi le plaça sur le trône à côté de
lui. Les grands de sa cour, assemblés par ses
ordres, firent toutes les cérémonies ordinaires
du mariage. Lorsqu'elles furent achevées, il
conduisit l'époux à l'appartement de la mariée, qui l'attendoit dans une chambre couverte de riches tapis, et parfaitement décorée.
Elle étoit assise sur un trône orné d'or et de
pierreries. Le monarque sauvage prit la main
du jeune homme étonné, et la mit dans celle
de sa fille, après quoi il les laissa; et Hhâtem
se soumettant à son sort, acheva la consom-
mation de ce bizarre mariage à la satisfaction de toutes les parties. Les jeunes époux

goûtèrent pendant trois mois toutes les douceurs de l'union conjugale. Hhâtem, pendant
tout le temps, vécut de fruits délicieux que
chaque jour on lui apportoit nouvellement
cueillis. Lorsqu'il en étoit rassasié, on lui
procuroit du sucre et de l'huile douce, ou
quelques autres friandises, servies sur des plats
que l'on faisoit venir exprès d'un village
voisin.

Enfin Hhâtem communiqua à sa femme
l'affaire pour laquelle il étoit venu, et l'in-
vita à solliciter pour lui auprès de son père
la permission de partir, lui promettant, s'il
survivoit à cette expédition, de venir la retrouver aussitôt qu'il l'auroit achevée. La
dame complaisante se chargea de la requête,
et la présenta à son père, qui répondit qu'il
n'avoit point d'objection à faire, si elle consentoit à laisser son mari s'éloigner. Elle répondit que, pleine de confiance en la promesse
qu'il lui avoit faite de venir la rejoindre, elle
n'y trouvoit point de difficulté. Le roi ordonna
qu'une escorte de ses sujets conduisît Hhâtem
jusqu'aux frontières de son empire, et là ayant
pris congé de ses amis, Hhâtem continua son
voyage.

Mais de nouveaux obstacles l'attendoient,

non moins extraordinaires que ceux qu'il avoit déjà surmontés. Après quelques jours de marche, il arriva à une plaine sablonneuse, stérile et inhabitée : comptant cependant sur la protection de Dieu, il entra dans ce désert, et le soir il rencontra un homme vêtu d'une longue robe flottante qui lui donna quelque nourriture à manger, et un vase plein d'eau à boire. Il reçut ces bienfaits avec une effusion de reconnoissance, et ayant ainsi réparé ses forces, il continua sa marche, jusqu'à ce qu'il aperçut deux immenses montagnes que de loin il crut être de sable; mais qu'il reconnut, en approchant, être deux énormes dragons. L'un d'eux ayant par hasard jeté les yeux sur lui, aspira en sifflant, et malgré toute sa résistance, l'entraîna comme un tourbillon dans sa vaste gueule.

Hhâtem se trouvant dans le ventre du dragon, au lieu de murmurer contre son sort, rendit grâces au Dieu tout-puissant de ce que son corps souillé de crimes, qui autrement auroit pu être inutile au monde, étoit devenu la nourriture d'une de ses créatures. Jour et nuit il prioit avec une fervente dévotion. Il savoit que ceux qui mettent leur confiance dans l'Etre suprême, et méprisent pour lui la fortune et la vie, ne sont jamais abandonnés de lui, quoiqu'il se plaise quelquefois à éprouver leur foi, ainsi qu'il fit de celle de son serviteur Job, qu'il voulut montrer au genre humain comme le modèle de la patience et de la résignation.

Il se fioit donc à la providence, qui sauroit bien le délivrer quand il en seroit temps, et son attente ne fut pas trompée. Dieu avoit d'avance pourvu à la sûreté de Hhâtem, par une pierre onyx que la fille de l'ours lui avoit donnée à son départ, et qui avoit la vertu de résister au feu, et de détruire les effets du poison. Cette dernière qualité le sauva du danger; après qu'il eut passé trois jours dans le ventre du dragon, l'animal sentant qu'il ne pouvoit digérer cette nourriture, se donna beaucoup de mouvemens, et après de pénibles efforts, le rejeta sur la plaine et le laissa là.

Hhâtem se voyant alors sur le sable, sécha ses habits au soleil. Il continua ensuite à marcher, mourant de faim et de soif, jusqu'à ce qu'ayant rencontré un réservoir d'eau, il se déshabilla et se prépara à se baigner. A peine étoit-il entré dans l'étang, qu'il vit sortir de l'eau un poisson qui jusqu'à la ceinture avoit

la figure humaine, et paroissoit d'une beauté
extraordinaire. Hhâtem n'avoit eu que le temps
d'admirer un instant cette singulière créature,
lorsque le poisson s'approchant de lui, et le
prenant par la main, l'attira dans l'eau ;
Hhâtem voulut en vain résister ; il fut entraîné
sous les eaux dans un élégant édifice, où sa
compagne le plaça sur un beau lit, et em-
ploya mille artifices pour l'engager à jouir
des faveurs qu'elle lui offroit. Il résista pendant sept jours et sept nuits à toutes ses insi-
nuations. Enfin, désespérant d'échapper sans
avoir eu pour elle quelque complaisance, il
lui dit franchement qu'il étoit parti de chez
lui pour une entreprise à laquelle il avoit
consacré sa fortune et sa vie ; qu'en conséquence, il étoit déterminé à ne jamais consentir à rester avec elle ; mais qu'il céderoit
volontiers pour quelque temps à ses désirs,
pourvu qu'elle lui promît de le ramener ensuite au lieu où elle l'avoit pris. Elle accepta
la proposition, et promit de le relâcher fidèlement au bout de trois ou quatre jours.
Mais lorsque ce délicieux intervalle fut écoulé,
et qu'il la pria de remplir sa promesse, elle
le supplia de rester encore quelques jours,
l'invitant à demander tout ce qui pourroit

lui être agréable. Cependant il persista dans
sa résolution, et refusa de rester avec elle
un seul jour de plus. Le voyant donc inexo-
rable, elle le prit par la main, et le reconduisit au lieu de leur première entrevue. Là,
avec un ton plein de tendresse, elle lui dit:
Jeune homme, voulez-vous donc me quitter? —J'y suis obligé, répondit-il, une affaire
indispensable m'appelle. Ils se dirent alors un
mutuel adieu, et se séparèrent.

Hhâtem ayant lavé et séché ses vêtemens,
s'habilla et continua son voyage. Il ne fut pas
long-temps sans rencontrer de nouveaux in-
cidens qui retardèrent sa marche. Il parvint
au bout de quelques jours à une haute mon-
tagne sur le sommet de laquelle il trouva un
bosquet composé d'arbres verts formant un
cercle : au milieu étoit un tapis étendu sur
la terre, aux bords d'un joli ruisseau dont
un vent frais agitait les eaux ; le temps étoit
assez frais. Hhâtem se coucha sur le tapis ; un
doux sommeil s'empara de lui, et il dormoit
profondément, lorsque le propriétaire du
lieu arriva, et fut très-étonné de trouver
quelqu'un étendu sur son tapis. Le bon
homme ne voulut pas cependant le troubler.
Il s'assit auprès de lui, jusqu'à ce que Hhâtem

s'éveillant, et apercevant un étranger à ses
côtés, lui fit un salut que l'autre lui rendit
avec politesse. Vinrent ensuite des questions
sur le lieu d'où venoit Hhâtem, celui où il
alloit, ce qu'il y alloit faire. Celui-ci ayant
raconté l'amour de Mounyr-Chamy pour la
fille de Burzoukh, les sept propositions de
cette belle, l'embarras de son amant, son
entrevue avec le voyageur qui ayant su la
cause de son affliction, avoit entrepris de l'en
délivrer, l'étranger interrompit son récit, en
lui disant : « Quoi ! seriez-vous Hhâtem ? ah !
» sans doute c'est vous; car il n'y a que lui
» qui puisse ainsi hasarder sa vie pour le ser-
» vice de l'amitié. Généreux jeune homme !
» Dieu est bienfaisant, et dans sa bonté, il
» facilitera ton entreprise. Cependant comme
» personne n'est encore revenu sain et sauf du
» désert d'Hoveydah, et que ceux qui ont eu
» le bonheur d'en revenir, ont perdu leur
» raison et leur intelligence, prête l'oreille à
» l'avis que je te donne. Aussitôt que tu seras
» parvenu au désert, tu te verras entouré d'en-
» chantemens ; n'essaye pas de t'y sous-
» traire par la violence : mais parmi toutes les
» jeunes beautés qui paroîtront à ta vue, ne
» t'arrête à aucune, et attends qu'il s'en

» présente une les cheveux épars, dont le pre-
» mier aspect entraîne les cœurs, et dont le
» visage est aussi éclatant que la lune dans son
» plein : elle se tiendra devant toi, et du mo-
» ment où elle paroîtra, elle captivera ton
» cœur; sois ferme cependant, et résiste à ses
» charmes jusqu'à ce que tu désires quitter
» cette scène d'illusion. Alors la prenant par
» la main, tu seras transporté sur-le-champ
» au désert d'Hoveydah. Si tu négliges mes
» avis, tu auras lieu de t'en repentir jusqu'au
» dernier souffle de ta vie. »

L'étranger continua ce discours plein de
bonté jusqu'à ce qu'il parût un homme portant une table basse qu'il plaça devant eux ;
il leur lava les mains, apporta un plat de lait
et de riz, et deux vases pleins d'eau. Hhâtem
prit volontiers de ces rafraîchissemens, les
meilleurs dont il eût jamais gouté ; il passa la
nuit, et le matin, ayant salué son hôte, il
partit.

Après avoir marché pendant quelques jours,
il arriva à un autre réservoir d'eau dont les
bords étoient plantés d'arbres qui le cou-
vroient de leur ombre. Voyant une belle et
jeune femme absolument nue monter sur la
rive, il ferma modestement les yeux pour ne

pas l'embarraser : mais elle s'avança vers lui ;
et le prenant par la main , plongea rapidement avec lui dans l'eau. Il descendit pendant
quelque temps au-dessous de la surface li-
quide , jusqu'à ce qu'enfin sentant la terre sous
ses pieds , il ouvrit les yeux , et se trouva au
milieu d'un beau jardin , auprès de sa conduc-
trice : mais avant qu'il fût revenu de son étonnement , elle lâcha sa main , et le laissa. Au bout
de quelques momens , mille jeunes filles parurent de tous les côtés , et chacune s'approchant , lui prenoit la main , et lui jetoit les
regards les plus propres à amollir son cœur.
Mais Hhâtem se souvenant de l'avis du vieillard , n'y fit aucune attention ; car il savait que
tout cela n'étoit qu'un enchantement. Il se
laissa conduire dans un palais composé de
perles et de pierres précieuses , et orné d'une
quantité de tableaux. En y entrant , il vit un
trône chargé d'émeraudes , de diamans et
autres pierres de toute espèce : comme il s'en
approchoit , toutes les jeunes filles qui l'ac-
compagnoient se trouvèrent changées en tableaux qui se placèrent le long des murs. Le
jeune homme surpris s'étant avancé si loin ,
se détermina à monter sur le trône. Il posa
son pied sur la première marche ; mais un

•raquement soudain le lui fit retirer promptement, et il regarda avec soin pour voir
s'il n'y avoit rien de rompu. Trouvant que
tout étoit dans le même état, il se hasarda
encore, et s'assit sur le trône. A l'instant un
second bruit plus terrible que le premier se
fit entendre, et de dessous le trône sortit la
nymphe dont le vieillard avoit parlé à Hhâtem.
Elle s'avança vers lui parée de perles et de
pierreries, couverte d'un voile au travers duquel on voyoit des regards languissans qui
s'échappoieut de deux yeux à demi-fermés.
Hhâtem enchanté vouloit lever l'obstacle qui
lui cachoit une partie de ses charmes ; mais
le conseil du sage lui revint à l'esprit, et il
se dit à lui-même : Si je prends sa main,
ne terminerai-je pas à l'instant cette scène délicieuse ? Je veux rester et jouir tant que je
pourrai de ce plaisir.

Il resta donc assis sur le trône pendant
trois jours et trois nuits. Le soir, des illu-
minations dont il ne voyoit pas les feux lui
donnoient de la lumière, ses oreilles étoient
charmées par des concerts harmonieux, mêlés
des chants les plus doux. Les jeunes filles,
qui changées en tableaux, décoroient l'appartement, s'en détachoient pour danser en

chœur, tandis que la nymphe séduisante, qui
se tenoit devant le trône, lui sourioit tendrement, lui jetoit des regards enflammés, et
lui servoit des mets et des fruits de toutes
couleurs et de toute espèce, dont il mangeoit
abondamment; mais il trouvoit à sa grande
surprise que son appétit n'en étoit jamais satisfait. Enfin, après trois jours passés de cette
manière, convaincu que cent ans de pareilles
jouissances ne le rassasieroient pas, et réfléchissant tant à l'inquiétude dans laquelle il
avoit laissé le prince, qu'à sa promesse, dont
il étoit responsable devant Dieu, il forma la
résolution de quitter ses plaisirs, et prit la
main de la nymphe. A l'instant parut une
autre jeune fille qui lui donna un coup dont
il fut renversé du trône, et en revenant à lui,
il ne vit plus ni trône, ni nymphes, ni jardin,
mais n'aperçut de tous côtés qu'un désert
sans bornes.

Hhâtem supposant que c'étoit le désert d'Hoveydah, commença sur-le-champ à chercher
la personne qu'il désiroit de voir; il étoit depuis peu de temps occupé de cette recherche,
lorsque ses oreilles furent frappées de ces
mots : « Je l'ai vue jadis, et je voudrois la
» revoir encore. » Ces mots furent répétés trois

fois, et suivis d'un silence absolu. Hhâtem se
hâta de marcher vers l'endroit d'où ils paroissoient venir. Mais pendant huit jours et autant
de nuits, quoiqu'il entendît souvent cette voix
et ces mêmes paroles, il ne put voir personne. Enfin le neuvième jour vers le soir,
il aperçut un vieillard assis ; il le salua, et
celui-ci lui ayant rendu son salut, lui demanda d'où il venoit et ce qu'il cherchoit en
ce lieu. « Mon père, répondit Hhâtem, je cher-
» che à savoir votre histoire. Qu'est-ce que
» vous avez vu, et que vous désirez revoir en-
» core ? » Le vieillard lui répondit en le priant
de s'asseoir, et lui présentant deux pains et
deux vases pleins d'eau, il en donna un à Hhâtem, et prit l'autre pour lui. Hhâtem mangea
sa portion, et lorsqu'ils eurent fini leur repas, il
demanda de nouveau la signification des mots
qu'il avoit entendus ; ce que le vieillard lui
dit en ces termes : « J'arrivai un jour au bord
» d'un étang d'où il sortit une femme nue qui
» me prit par la main, et m'entraîna avec elle ;
» en ouvrant les yeux, je vis un beau jardin,
» et une quantité de jeunes filles qui me con-
» duisirent à un trône ; j'y montai pour voir
» ce spectacle. Alors une nymphe dont la taille
» étoit admirable, et dont la figure voilée,

» s'avança, et se tint auprès de mon siége ;
» en la voyant, je perdis mon cœur ; je sou-
» levai son voile, et ses regards pénétrans me
» séduisirent. Je pris sa main pour la placer
» sur le trône ; mais tout à coup une autre
» femme sortit de dessous terre, elle me donna
» un coup si violent qu'elle me renversa, et je
» me trouvai dans ce désert. Depuis ce temps
» j'ai perdu la raison, et je ne puis effacer
» de ma mémoire ce souvenir enchanteur. »
Le vieillard à ces mots finit son discours, et
poussant un profond soupir, s'enfuit en disant : « J'ai vu jadis, et je voudrois revoir
» encore. »

Hhâtem le poursuivit, et l'ayant rejoint,
le prit par la main, en lui disant : Mon
père, ne seriez-vous pas bien heureux, si
vous pouviez la revoir encore une fois ?
Hélas ! répondit-il, cela est impossible. Hhâtem l'assura qu'il le conduiroit au lieu que
désiroit son cœur, et le vieillard enfin consentit à l'accompagner. Hhâtem revint alors
sur ses pas, et étant arrivé à l'arbre sur le
bord de l'étang, il apprit à son compagnon
de voyage le moyen d'être constamment
dans la société de sa bien-aimée. « En évi-
» tant soigneusement sa main, vous pouvez

» écarter son voile, lui dit-il, et contem-
» pler tant que vous le voudrez son beau
» visage ; mais si vous touchez une seule fois
» sa main, vous retomberez dans le même
» malheur que vous avez déjà éprouvé, et vous
» ne la reverrez jamais ; j'ai visité le lieu
» qu'elle habite, et ce secret que j'ai appris
» d'un dervych, m'a servi de sauve-garde. Mon-
» tez à présent sur le bord de l'étang, et la
» femme nue vous conduira dans l'endroit où,
» si vous n'oubliez pas mon avis, vous trou-
» verez un bonheur certain. » En disant cela
il quitta le vieillard, qui suivit ses instructions, et fut reconduit par la nymphe à la ré-
gion des enchantemens. Hhâtem poursuivit son
voyage pour retourner chez lui. Il rencontra
en route le vieillard qui lui avoit donné des
conseils, et lui rapporta tout ce qui lui étoit
arrivé. Ayant pris congé de lui, il se rendit à
la forêt des ours, où il passa un mois dans
la société de son aimable compagne. Il visita
ensuite ses amis les chaghâls, et de là continua
sans interruption son voyage jusqu'à la ville
de Châhâbâd.

Lorsqu'il y arriva, le peuple de Hhussn-
Banoù le reconnut, et le conduisit à un kâra-
vânseraï où le prince Mounyr-Châmy vint se

15.

jeter à ses pieds. Hhâtem le releva, l'embrassa,
et lui ayant raconté ses diverses aventures, ils
allèrent ensemble au palais de la princesse,
qui cachée derrière un rideau adressa la parole à
Hhâtem, et lui demanda quelles nouvelles il
avoit apportées. Il répondit : Un vieillard qui
avoit vu une nymphe dans les pays enchantés,
devint amoureux d'elle, et pleurant son absence dans le désert d'Hoveydah, disoit : Je l'ai
vue jadis, et je voudrois la revoir encore. Il
raconta alors toutes les particularités de l'opération magique, et la manière dont il avoit
rendu le vieil amant à la maîtresse qu'il avoit
perdue ; ce qui avoit mis fin à ses lamenta-
tions, et en même temps aux exclamations
dont elle avoit demandé l'explication.

La princesse reconnut avec beaucoup d'éloges que sa première question étoit parfaitement résolue. La nourrice confirma la vérité
du récit du voyageur, et Hhâtem après avoir
assisté à un repas somptueux, fut congédié
avec les témoignages d'attachement les plus
flatteurs. Il alla se reposer des fatigues de son
voyage, et se préparer à de nouvelles aventures.

A'LY-CHAH,
OU LE FAUX KHALYFE.

CONTE TRADUIT DE L'ARABE.

Haroun-al-Rachyd, Khalyfe de Bâghdâd, avoit rassemblé vers la fin du jour, dans une salle de son palais, vingt-quatre de ses courtisans les plus distingués, parmi lesquels se trouvoient le ministre Ybrâhym – Ishhâq-êl-Nédym, Aboùl-Néwâs, le poëte, Dja'far le Barmécyde, grand-vezyr, Mesroùr, l'exécuteur de ses ordres suprêmes. La conversation s'engagea et ils dissertèrent entr'eux sur la prose, la poésie et l'éloquence. Chacun raconta son histoire, récita des vers, proposa des énigmes, chanta quelques couplets ; et on avoit atteint le milieu de la nuit, sans s'être aperçu de la longueur du temps. Alors ils demandèrent au khalyfe la permission de se retirer ; il la leur accorda. Le vezyr Dja'far et Mesroùr restèrent les derniers, et ils se disposoient à retourner chez eux ; mais le khalyfe les retint, en disant : Dja'far, assieds-toi. Dja'far obéit. Sais-tu, continua le khalyfe, pourquoi je te retiens auprès de moi cette nuit ? — Dieu seul connoît les choses cachées, s'écria Dja'far. — Eh bien, j'ai une fantaisie ;

c'est que nous nous déguisions tous trois , et que nous allions nous promener en bateau sur le Tygre jusqu'au jour : l'ennui me poursuit ; j'ai un poids sur le cœur , et malgré tout ce qui s'est dit de piquant et d'intéressant dans notre conversation, je n'y ai pris aucun plaisir; peut-être parviendrai-je à me dissiper. Nous sommes dans la saison où l'on fait des parties nocturnes sur le Tygre. Tu sais que les pauvres comme les riches vont s'y promener. — Puissant monarque, répondit le grand-vezyr , tu es le maître ; et si tu veux te promener sur le Tygre de nuit et de jour , qui pourra t'en empêcher ? — Eh bien , partons. Aussitôt le khalyfe , Dja'far et Mesroùr quittèrent leurs habits , se déguisèrent en marchands , et sortirent par une porte dérobée qui les conduisit sur les bords du Tygre. Quel fut leur étonnement de ne voir personne , quoique ce fut le moment où il auroit dû y avoir plus de cent gondoles en mouvement. En effet , tous les ans dans l'été les habitans de Bâghdâd ont coutume de passer une partie de la nuit sur le Tygre , et le gouvernement ne s'y oppose pas. Chacun , selon ses facultés , a des barques , ou des gondoles plus ou moins brillantes.

Le khalyfe, qui ne pouvoit revenir de sa surprise, dit au grand-vezyr : Pourquoi donc le fleuve est-il si désert? Qu'est-ce qui empêche les habitans de Bâghdâd de s'y promener ? — Tout le monde, dit Mesroûr, n'est pas toujours content, grand roi, et ce passe-temps ne convient qu'à ceux qui sont à leur aise, parce que quand ils ont veillé pendant la nuit, ils dorment le matin, et leurs affaires n'en souffrent pas ; mais le pauvre, qui a besoin de travailler pour vivre, et qui travaille en effet tout le jour, se trouve bien fatigué à l'approche de la nuit ; il ne pense guère à venir se promener sur le Tygre, et s'il y venoit, pourroit-il retourner à sa tâche le lendemain, pour fournir à ses besoins et à ceux de sa famille? Voilà sans doute pourquoi nous ne trouvons ici personne.

Cette raison est excellente pour les ouvriers, répliqua le khalyfe, mais à quoi attribuer l'absence des marchands, des riches, des gens en place ? — Je vous avouerai que c'est un mystère pour moi, répondit Dja'far. — Tâchons au moins d'avoir un bateau pour nous promener. En parlant ainsi ils suivoient les rivages du Tygre ; tout à coup ils aperçurent un vieillard endormi dans

son bateau. Le khalyfe envoya Mesroùr, avec
ordre de le réveiller et de l'amener. Le batelier s'avança , et leur demanda ce qu'ils
vouloient. — Hároùn lui dit de tendre la
main; il la tendit , et en lui donnant vingt
pièces d'or : tiens, dit le khalyfe , il faut que
tu nous promènes quelques heures dans ta
barque. — Entrez; Dieu nous préserve de
malheur ! — Ils entrèrent dans le bateau ,
sans comprendre le sens de cette exclamation.

Le batelier gagna bientôt au large, et il
se mit à les promener sur le Tygre. Tout à
coup on aperçut une gondole qui s'avançoit ;
elle étoit éclairée par des torchères dorées ,
dans lesquelles brûloient des bois résineux,
et qui étoient portées par deux hommes couverts de robes de satin. A cette vue, le patron
épouvanté s'écria : grand Dieu, préserve-nous
des malheurs qui nous menacent ! Messieurs ,
nous touchons à notre dernière heure. Maudite soit l'avidité ; car c'est elle qui cause ma
perte , c'est elle qui m'a forcé d'accepter vos
vingt pièces d'or. Et tout en pleurant il continua ses imprécations contre le khalyfe et
ses compagnons qu'il prenoit pour des marchands. Le khalyfe riant à gorge déployée,

lui dit : Mon cher patron, pourquoi nous accables-tu d'injures ? — Et comment ne pas vous maudire, vous qui m'avez plongé dans l'abîme du malheur ? — Ne crains rien; il ne t'arrivera pas plus de mal qu'à nous. — J'en suis persuadé; on vous coupera la tête aussi bien qu'à moi et cela dans peu d'instans, et alors nous aurons le même sort. — Eh ! qui donc nous coupera la tête ? — Ne voyez-vous donc pas cette gondole qui vient de notre côté? ce sera le maître de cette gondole qui nous fera cette galanterie. — Quel est-il ? — C'est le khalyfe Hâroùn. Il a fait proclamer que celui qui se promèneroit la nuit sur le Tygre, auroit la tête coupée, et à coup sûr il ne nous manquera pas. — Hâroùn-al-Ra- chyd lui répliqua : puisque tu connoissois cette défense, pourquoi ne pas nous en avoir prévenu, nous ne nous serions point exposés à un pareil danger. — Quand vous m'avez présenté ces vingt pièces d'or, la misère m'a déterminé au silence. Mais comment n'avez- vous pas entendu mon exclamation, en en- trant dans le bateau : Dieu nous préserve de malheur ! — Le khalyfe lui dit : comment nous tirer d'affaire maintenant ? — Nous n'avons plus d'espérance qu'en Dieu ; et, se mettant

à pleurer, il récita quelques prières pour se
disposer à la mort.

Le désespoir de ce malheureux toucha le
khalyfe, et pour le consoler il lui offrit encore vingt pièces d'or, en lui disant : patron,
conduis-nous dans cette anse obscure, afin de
laisser passer la gondole du khalyfe, peut-être
échapperons-nous à ses regards. Le patron
prit les vingt sequins.

Par hasard ils se trouvoient non loin d'une
maison de plaisance bâtie sur de hauts pilotis;
c'étoit un asile tout trouvé, et deux bateaux
auroient pu s'y cacher à l'aise; le patron eut
le bonheur de s'y glisser avant d'être aperçu
par l'autre gondole.

Lorsqu'elle vint à passer, Hâroùn, Dja'far
et Mesroùr se mirent à l'examiner attentivement. Cette gondole étoit magnifique, l'or
brilloit de toutes parts et se trouvoit entre-
mêlé de peintures élégantes. A la lueur de
ces deux torchères d'or, on voyoit briller des
armes de toute espèce, des épées, des sabres,
des lances, des carquois d'un travail admirable.
L'arrière du bateau étoit couvert de superbes
tapis et d'un soffa garni de coussins de velours
brodés en or, en perles et en corail. Au milieu s'élevoit un trône d'or chargé de perles et

de pierreries, sur lequel étoit assis nonchalamment un jeune homme de la plus belle figure, revêtu d'habits somptueux. Sur son front brilloit un bandeau royal enrichi de pierres précieuses. A sa droite étoit assis un personnage qui ressembloit au vezyr Dja'far le barmecyde, et à sa gauche un autre qui jouoit le rôle d'Ishhâq-êl-nedym. Mesroùr se tenoit de bout devant lui, et derrière eux étoient rangés vingt jeunes esclaves, qui avoient le visage aussi rond et aussi éclatant que la pleine lune. Cette portion de la gondole étoit couverte d'une étoffe de velours sur laquelle on n'avoit épargné ni l'or, ni les pierreries; elle pouvoit le disputer aux étoiles qui brilloient alors au firmament.

Ce jeune homme avoit devant lui une table ornée de fleurs; deux flambeaux d'or massif garnis de bougies l'éclairoient; à ses pieds fumoient quatre cassolettes remplies de parfums exquis. Vingt rameurs aussi beaux que robustes, et habillés avec un luxe surprenant, faisoient voler la gondole sur la surface du fleuve.

Hâroùn-al-Rachyd suivoit des yeux cette gondole. Il ne pouvoit se lasser d'admirer ce jeune homme, qui jouoit son rôle avec tant de grâce, qu'il crut pouvoir lui appliquer ces vers.

Le siége de son empire est dans les cœurs ;
Ses yeux aussi doux que ceux de la gazelle lui assurent partout la victoire.
Il règne sur les esprits par sa beauté ;
Et les rois les plus puissans deviennent ses esclaves.
Sur son visage brille l'éclat de la lune.
Ses lèvres sont aussi douces que le miel.
Ses bontés rendent la santé aux plus malades, et ses rigueurs donnent la mort.

Hâroùn, frappé lui-même de la beauté de ce spectacle, ne pouvoit revenir de son étonnement; sa surprise redoubla lorsqu'il entendit un homme qui crioit, sur la proue de la gondole : peuple, riches et pauvres, libres et esclaves, naturels et étrangers, obéissez à l'ordre suprême du prince des fidèles, l'ombre de Dieu sur la terre, le roi des rois, trésor des grâces, soutien des malheureux, objet des éloges des savans et des poëtes ; source intarissable de puissance et de gloire ; génie sublime, le khalyfe Hâroùn-al-Rachyd. Il vous défend de vous promener sur le Tygre, et d'ouvrir vos fenêtres ; la désobéissance sera punie de mort, et de la confiscation des biens.

Pendant toute cette proclamation Hâroùn

avoit toujours eu les yeux sur ce prétendu
khalyfe., plus il le considéroit plus il lui trouvoit de grâces, de noblesse et de beauté, et
se tournant vers Dja'far, il lui demanda s'il
connoissoit ce personnage. — Non certes, je
ne le connois pas, répondit le vezyr. — Ma
foi, continue le khalyfe, il se connoît parfaitement en étiquette; car il n'a rien oublié
de la représentation du khalyfe; mais ce qui
m'étonne le plus, c'est la ressemblance que
je trouve entre toi et celui qui est à sa droite;
la personne qui est derrière lui, ne ressemble
pas moins à Mesrour, et ses courtisans ne
jouent pas mal le rôle des miens: en vérité
je ne puis revenir de mon étonnement.

Ils ne le perdirent pas de vue, jusqu'à ce
qu'il eût abordé le rivage voisin. Le faux
khalyfe mit alors pied à terre et monta sur
un superbe cheval, précédé d'une multitude
de domestiques qui portoient des torches,
et d'une troupe nombreuse d'esclaves qui
marchoient deux à deux. Le cortége étoit
précédé d'un huissier qui proclamoit l'éloge
du souverain.

Hâroùn s'apercevant qu'il n'y avoit plus
personne sur le rivage, engagea le patron
de la barque à les conduire à terre; ils vou-

loient suivre le jeune aventurier ; mais ne
sachant de quel côté il avoit dirigé ses
pas, le khalyfe et ses compagnons revinrent
au palais. En quittant le bateau au même
endroit où ils l'avoient pris, Hâroûn donna
encore vingt sequins au patron, et lui dit :
nous comptons sur ta complaisance. Demain
au soir attends-nous ici ; nous sommes des
étrangers logés dans un kâranvâserâï ; nous
aimons la joie, et nous voulons revenir passer
quelques heures agréables sur le fleuve : tu
peux compter sur notre générosité.

L'étrange rencontre qu'il avoit faite ne
permit pas au khalyfe de fermer les yeux
de toute la nuit ; tout ce qu'il avoit vu étoit
pour lui un problème inexplicable, et il lui
tardoit de pénétrer ce mystère. Dès que le
jour parut il fit sa prière du matin, invoqua
le prophète, et se fit apporter à déjeûner.
Bientôt parut Mesroûr qui, se prosternant
à ses pieds, le salua par ces vers :

Monarque fortuné qui règnes sur l'univers, et qui as
   captivé jusqu'aux hommes libres, n'es-tu qu'un roi,
   ou bien un ange de lumière ?
J'en jure par celui qui embrasse l'immensité des cieux;
   tu fais l'ornement de la terre.
Ta beauté seule peut égaler ta puissance ; tu fais le
   désespoir de tous les souverains.

Si Moyse est invincible par la force de ses armes,
Hâroûn l'est aussi par l'efficacité de ses prières.

Vicaire de Dieu, continua-t-il, les ministres
et les officiers qui remplissent la salle du
conseil, offrent un spectacle vraiment imposant, il n'y manque plus que toi, viens
l'embellir de ta présence ; viens te montrer
à des soldats qui te chérissent, rendre la justice à des sujets qui t'idolâtrent, et répandre
tes bienfaits sur les créatures de Dieu. Le
khalyfe se leva, se revêtit de son manteau
et de tous les ornemens qui annoncent la
souveraineté et la font respecter. Il entra dans
le dyvân, monta sur son trône ; et bientôt
vinrent se ranger autour de lui et chacun
selon sa dignité, les grands, les généraux,
les ministres, les savans, les poëtes : en un
mot tous les personnages qui composent le
conseil. Alors le premier huissier fit à haute
voix les vœux ordinaires pour la prospérité du
khalyfe, et toute l'armée répondit en chœur.
Ensuite un autre officier lui succéda, et
s'adressant au khalyfe, lui dit : O toi qui es
parvenu au comble de la puissance et de la
gloire, garde-toi de l'ivresse de l'orgueil,
demain ton règne doit finir. La durée éternelle de l'empire n'appartient qu'à Dieu seul.

Combien de fois le monde n'a-t-il pas changé
de formes et de maîtres ? Répète avec moi :
Gloire à celui dont l'empire n'éprouve aucune
vicissitude.

Après cet officier, le lecteur récita des sentences de religion et de morale.

Le khalyfe fit bientôt signe au lecteur de
se taire, et se mit à expédier les affaires du
gouvernement, sans parler de son aventure
à qui que ce fût. A l'heure ordinaire le dyvân
se leva, les troupes se retirèrent, et Hàroùn
passa dans la salle des audiences particulières
où il resta jusqu'à la fin du jour, attendant
la nuit avec la plus grande impatience. Enfin
les étoiles parurent, et on entendit la voix
du coq qui crioit : paresseux qui dormez,
rendez témoignage à l'unité et à la grandeur
de celui qui ne dort jamais. Alors Hàroùn
s'adressant à Dja'far, lui dit : vezyr, allons
voir le nouveau khalyfe. Dja'far se mit à rire,
en lui demandant s'il y avoit un khalyfe ancien et un khalyfe nouveau. Sans doute,
répliqua Hàroùn ; je suis le vieux khalyfe,
et notre jeune homme le nouveau ; c'est un
terrible avantage sur moi, car tu le sais :

La nouveauté a un grand charme ; cependant je n'en

trouve aucun dans l'apparition des signes de la vieillesse.

O regrets superflus ! jeunesse qui t'annonce si bien, pourquoi finis-tu si mal ?

Dja'far, on finit par se dégoûter de tout ce qui est ancien, et les habitans de Bâghdâd pourroient bien être las de mon règne. — Tu te trompes, prince des fidèles, lui répondit le vezyr, tu es et tu seras toujours le plus puissant, le plus cher des monarques ; et nous ne cesserons jamais d'être tes fidèles sujets. Hâroùn interrompit la conversation et fit apporter le déguisement qui devoit leur servir à la partie projetée. Ils sortirent donc du palais par la porte secrète, déguisés en marchands ; et d'un pas très-leste et très-gai ils se rendirent sur le bord du Tygre, où le patron du bateau les attendoit. Dieu te bénisse, s'écria Hâroùn, du plus loin qu'il l'aperçut. Voici vingt sequins en récompense de ton exactitude. En même temps, ils montèrent dans son bateau, et commencèrent à se promener. Bientôt on découvrit la gondole du nouveau khalyfe qui s'avançoit. Le patron gagna promptement l'asile où il s'étoit réfugié la nuit précédente ; et de là ils purent encore le voir passer à loisir. Devant lui se tenoient respectueusement debout soixante

4. 16

mamloûks plus beaux que les précédens, et plus magnifiquement habillés.

La gondole vint aborder non loin de leur retraite ; et le faux khalyfe descendit à terre avec tout son cortége. Hâroûn pria aussi le patron de les conduire au rivage, parce qu'il vouloit suivre cet aventurier. Celui-ci obéit et bientôt ils le joignirent d'assez près pour ne plus le perdre de vue. Ils le suivirent pas à pas, sans qu'on put les apercevoir, car ils étoient dans l'obscurité, et ils pouvoient tout distinguer à la lumière des nombreux flambeaux qui éclairoient cette marche.

Le faux khalyfe étoit monté sur un superbe cheval arabe, couvert d'un riche harnois, à la manière des A'bâcýdes, et il étoit précédé de tous ses mamloûks rangés dans un bel ordre, et un officier ouvroit la marche, en criant, par ordre du prince des fidèles : « Qui-
» conque sortira de sa maison, ou regardera
» par les fenêtres, aura son bien confisqué,
» et perdra la vie. Dieu nous préserve du cour-
» roux des rois ! »

Cette proclamation fit beaucoup rire Hâroûn, qui dit à Dja'far : vois-tu les menaces qu'il fait à ses sujets ? Heureusement, répondit Dja'far, que nous n'en sommes point, et

nous sommes dispensés d'obéir à ses ordres.
Dieu nous conserve le khalyfe Hâroùn-âl-
Rachyd. — Vezyr, prends garde à toi, répliqua Hâroùn ; celui que tu vois là est le
vrai khalyfe. — En effet, si vous n'étiez pas
avec nous, nous pourrions aisément nous y
tromper. Mais, puissant monarque, où voulez-vous donc nous conduire ? — A sa suite ;
je suis résolu à le suivre partout où il ira,
et à passer, s'il le faut, toute la nuit pour
voir la fin de l'aventure. Ils marchèrent donc
derrière lui, et après une très-longue course,
ils arrivèrent à l'extrémité des jardins de la
ville. Peu à peu ils parvinrent même à se
mêler dans le cortége. Mais ils furent bientôt
découverts. On les prit pour des marchands,
et on les arrêta.

Lorsqu'on les eut saisis, le vezyr se répentit
de sa complaisance, et dit tout bas au khalyfe : Tu nous as conduit dans le précipice ;
il seroit très-possible que cet homme s'irritât
contre nous, et nous fît mourir. — Arme-toi
de patience, dit Hâroùn ; Dieu n'abandonne
point les hommes patiens.

Cependant les huissiers, qui s'étoient em-
parés d'eux, les amenèrent en présence du
nouveau khalyfe, et lui dirent : Vicaire de

16.

Dieu, voici trois hommes qui se prome-
noient au milieu de nous ; ce sont des étrangers ; nous les avons arrêtés, et nous te les
amenons. C'est à toi à décider de leur sort.

En les voyant, le faux khalyfe poussa un cri
épouvantable, en leur disant : Misérables ! qui
êtes-vous ? Qui vous a conduit ici ? N'avez-
nous pas entendu la proclamation ? J'en jure
par mes augustes ancêtres, si vous me dé-
guisez la vérité, je vous ferai couper les
pieds et les mains. Auriez-vous eu l'intention de me braver, d'insulter mon rang, et
de vous révolter contre mes ordres suprêmes?

Khalyfe, puissant maître de la terre,
calme-toi, répondit Hâroùn, jusqu'à ce que
nous ayons pu nous expliquer. Si tu agrées
nos excuses, ce sera une preuve de ta bonté ;
et si tu nous fais mourir, nous ne pourrons
blâmer ta justice.

—Voyons, que pouvez-vous alléguer pour
vous excuser ? — Nous sommes des étrangers qui arrivons aujourd'hui pour la première fois à Bâghdâd : nous avons parcouru
les rues et les marchés, et étonnés de les
trouver déserts, nous avons demandé ce
qu'étoient devenus les habitans d'une ville
aussi florissante ; on nous a répondu que

tout le monde étoit à se promener, ou sur
le rivage, ou sur les eaux du Tygre, parce
que c'étoit le plaisir de la saison. Mes compagnons et moi, nous aimons la joie. D'après
cet avis, nous nous sommes rendus sur le
bord du fleuve, qui étoit couvert d'une immense multitude. Tout le monde s'y diver-
tissoit. On y buvoit, on y mangeoit : nous
avons imité un si bel exemple. Ensuite nous
avons trouvé un bateau. Le patron nous a
reçus, et nous a conduits sans difficulté à l'autre
rive; nous y sommes descendus, et nous
nous y sommes amusés assez long-temps. Le
patron avoit envie de dormir; il s'étendit dans
son bateau, en nous recommandant bien de
le réveiller avant la fin du jour, pour nous
reconduire à la ville. Nous-mêmes aussi,
après une longue promenade, nous nous
sommes endormis; et nous ne nous sommes
réveillés qu'après le patron, et lorsqu'il faisoit déjà très-obscur; celui-ci nous a re-
proché notre négligence. Ne vous avois-je
pas prié, s'écria-t-il, de me réveiller avant
la fin du jour ? — Le sommeil nous a saisis
aussi, et comment pouvions-nous te réveiller? Il n'y a pas de mal; nous passerons ici
la nuit. — Mais nous ne sommes pas ici à

l'abri des voleurs. Je crains pour vous et
pour moi.

Après avoir ainsi parlé, le patron gagna
le large. La nuit étoit déjà très-avancée; il
nous a conduits sur cette rive. Par hasard il
aperçut une grande clarté, et il nous dit:
Voyez-vous ces flambeaux? C'est un nouveau marié qui regagne sa demeure; suivez-
le; vous assisterez au repas de noces; ses
esclaves jouent parfaitement des instrumens,
vous vous amuserez jusqu'à l'apparition du
jour, et après avoir bien déjeûné, vous ferez
ce qu'il vous plaira, et vous irez où vous voudrez; car ce pays est sûr et tranquille, et il
n'y a rien à craindre. Voilà, Seigneur, ce qui
nous a déterminé à vous suivre, toujours
bien persuadés que nous allions prendre part
à une fête nuptiale. Nous venions de nous
mêler dans votre cortége, lorsqu'on nous a
arrêtés; et nous n'avons point entendu les pro-
clamations dont vous nous parlez. — Il est
heureux pour vous, répliqua le faux khalyfe,
que vous ne soyez point habitans de Bâghdâd; car vous n'auriez point évité une juste
punition: mais puisque vous êtes étrangers,
soyez les bien venus; rassurez-vous et ne
craignez rien. Je vous invite à être mes

convives pendant tout le reste de la nuit.
—Vous nous faites beaucoup d'honneur, reprit Hâroùn, et nous vous prions, prince des fidèles, d'agréer nos remercîmens. Dja'far alors s'approchant de Hâroùn, lui dit tout bas : Vicaire de Dieu, tu es bien poli. — Tais-toi.

Ils continuèrent donc de suivre le cortége jusqu'au palais du faux khalyfe, situé à l'extrémité des jardins. Les appartemens de ce palais étoient soutenus sur des colonnes qui offroient un coup d'œil charmant. La principale porte étoit en ébène, garnie de barres d'or massif, d'un poli très-brillant.

Le faux khalyfe mit pied à terre, et fit entrer avec lui Hâroùn et ses deux compagnons. On les introduisit dans une vaste salle, au milieu de laquelle étoit un bassin avec un jet d'eau magnifique. Tout à l'entour régnoit une estrade garnie d'une couverture et de coussins richement brodés. Sur la porte de la salle on lisoit ces vers :

Que le salut et la paix règnent dans ce séjour, comblé
    des grâces de la fortune.
Il rassemble des merveilles que ne sauroit décrire la
    plume la plus éloquente.

Il alla s'asseoir sur un trône d'or massif,

orné de perles et de pierreries, surmonté d'un dais d'étoffe verte à frange d'or, tel qu'on n'en a jamais vu dans les palais des plus puissans monarques. Il étoit soutenu par des poulies de sandal, qui répandoient une odeur délicieuse. Ses courtisans se rangèrent humblement autour de lui. Hâroùn et ses compagnons eurent aussi la permission de s'asseoir.

Bientôt le faux khalyfe fit signe au maître d'hôtel et aux échansons. A l'instant les tables furent dressées et couvertes de mets exquis, et de vins délicieux. Un jeune esclave remplit une tasse, en chantant ces vers :

Abandonne les mosquées aux dévots, qui en ont fait leur séjour habituel.
Viens avec nous savourer le bon vin.
Le Qorân ne dit point malheur aux ivrognes,
Mais bien malheur aux hypocrites.

Après ce couplet, l'échanson présenta la coupe au nouveau khalyfe, qui la vida. Elle fit ensuite le tour, et parvint jusqu'à Hâroùn, qui refusa de la boire ainsi que ses compagnons.

Mes convives, dit le nouveau khalyfe, pourquoi refuser de nous imiter ? — Seigneur, répondit Hâroùn, nous avons fait tous les trois serment de ne point boire de vin, à l'occasion d'un accident terrible qui nous est arrivé. — Dieu me préserve de vous en faire un crime; et à l'instant il leur fit apporter une autre boisson, en leur disant : Au défaut du vin, prenez ce sorbet : les rois n'en boivent pas de meilleur.

Le repas dura fort long-temps, et Hâroùn surpris de tout ce qu'il voyoit, dit tout bas à Dja'far, qui étoit assis auprès de lui : Je meurs d'envie de savoir quel peut être ce jeune homme. Quelle table splendide ! je n'ai jamais rien vu de pareil, et je n'ai jamais rien mangé de meilleur.

Le nouveau khalyfe s'aperçut de ce colloque particulier. Quel secret vous communiquez-vous ? Ne savez-vous pas que rien n'est plus malhonnête que de se parler à l'oreille dans une compagnie ? — Pardon, prince des fidèles, reprit Hâroùn. Nous n'avons pas l'intention de t'offenser. Mon compagnon qui est déjà d'un âge très-avancé, qui a couru le monde, me faisoit part de sa surprise : jamais il n'a rien vu de semblable au luxe et à la profusion que tu étales ici, et rien n'y manqueroit, selon lui, s'il y avoit de la musique; car un repas sans musique est un arbre sans fruit. Comment donc le khalyfe

peut-il se passer de musique dans un banquet?
C'étoient les seules observations que nous
faisions tout bas ; et tu connois maintenant
notre secret.

Le vin commençoit à produire son effet sur
les convives, et déjà le prétendu khalyfe avoit
la tête très-échauffée. La confidence de Hároùn
le fit sourire ; il frappe des mains ; une porte
s'ouvre, on voit paroître un petit esclave noir
magnifiquement habillé, qui porte un siége
d'or ; il est suivi d'une jeune esclave, non moins
charmante que celle dont un poëte a fait la
description dans ces vers :

Vois-tu cette beauté ravissante qui s'avance vers
  nous?
Vois-tu ces deux grenades sur cette poitrine d'albâtre,
  et cette figure charmante qui captive les cœurs?
Hélas! en faut-il davantage pour faire expirer
  d'amour?

En entrant elle se prosterna devant le nouveau khalyfe, et Hároùn à la vue de tant
de charmes, s'écria : grâces soient rendues
à l'auteur d'une beauté si parfaite, et à l'instant il se sentit pour elle le cœur embrasé
d'amour.

Cependant son maître lui ordonna de s'asseoir. Elle alla se placer sur le siége qui lui

avóit été préparé, et le petit nègre lui présenta un luth artistement travaillé, qu'elle
appliqua contre son sein; elle se mit à l'accorder, et parcourut les vingt-quatre tons de
la musique en exécutant différens airs plus
voluptueux les uns que les autres. Tous les
spectateurs furent transportés de plaisir, d'admiration, et pas un ne put conserver son
sang-froid et sa raison, surtout lorsqu'elle s'ac-
compagna en chantant cette chanson :

Mes yeux sont les interprètes de mes sentimens; ils
    ont dû t'apprendre l'amour que tu m'as inspiré.
Leur langueur atteste le tourment que j'éprouve; mon
    cœur déchiré frémit à l'idée seule de ton absence.
Jusques à quand faudra-t-il cacher l'amour qui me
    consume ?
Des larmes involontaires me trahissent sans cesse.
J'avois jusqu'à présent ignoré le pouvoir tyrannique de
    l'amour. Mais qui peut résister au bras invincible
    du destin ?

A peine cette chanson étoit-elle finie, que
le nouveau khalyfe poussa un cri perçant,
déchira sa robe; ses forces l'abandonnèrent,
il s'évanouit. Ses serviteurs s'empressèrent
autour de lui; ils fermèrent les rideaux du
dais, et lui mirent un autre robe. Lorsqu'il
fut revenu à lui-même, il s'aperçut bien que

la chanteuse s'étoit retirée, mais il ne la demanda point. Un jeune échanson remplit sa
coupe et la lui présenta; il la but, et ensuite
elle fit le tour de l'assemblée. Hároùn et ses
deux compagnons étonnés de tout ce qu'ils
voyoient, s'y perdoient de plus en plus.

Bientôt le nouveau khalyfe prit dans ses
mains une baguette pour frapper à une porte
voisine, qui s'ouvrit à l'instant; il en sortit
un jeune nègre qui portoit un fauteuil doré,
plus beau que le premier; derrière lui venoit
une jeune fille plus charmante et plus richement
habillée que l'autre chanteuse. Après s'être
prosternée devant le trône, elle resta debout
dans une attitude respectueuse. Hároùn en la
fixant éprouva une émotion plus vive qu'à
la vue de la première. Elle eut ordre de s'asseoir, et elle posa sur ses genoux un psalté-
rion d'ébène garni en or; aux quatre coins
étoient enchâssées quatre perles aussi grosses
qu'un œuf de colombe. Après avoir accordé
son instrument elle en pinça avec tant de lé-
gèreté, que les spectateurs s'imaginoient voir
danser l'appartement; elle acheva de les char-
mer en chantant ce couplet:

Comment ne perdrai-je pas la patience, lorsqu'un
feu dévorant consume mon cœur; lorsque des

larmes coulent de mes yeux, comme un torrent intarissable ?

Le monde a perdu pour moi tous ses charmes, et si je n'obtiens l'objet de mes désirs, la mort désormais sera mon unique refuge.

A la fin de ce couplet, le nouveau khalyfe poussa encore un cri perçant; il déchira ses vêtemens, et tomba à la renverse. Ses serviteurs accoururent, et baissant les rideaux, lui passèrent une robe plus magnifique que l'autre. Revenu de son évanouissement, il se mit à boire et à manger comme auparavant, et après que sa coupe eut fait une ou deux fois le tour de l'assemblée, il frappa des mains, une porte s'ouvrit, et on vit paroître un petit esclave noir et une jeune chanteuse plus belle et mieux parée que celles qui l'avoient précédée. Hâroùn crut voir briller le soleil du midi au milieu d'un ciel pur; il dit tout bas à son vezyr: je n'ai sûrement pas une aussi belle créature dans tout mon Hharem. Elle se prosterna devant son maître, qui lui fit signe de s'asseoir; elle prit sa guittare, et après quelques préludes harmonieux, elle chanta ainsi:

Quel sera le terme de sa froideur et de notre longue séparation ?

Reviendront-ils ces beaux jours trop rapidement écoulés;

Ces jours qui nous voyoient réunis dans un même asile,
Au sein du bonheur, et à l'abri des envieux?
Un destin barbare nous a séparés, et il a fallu abandonner ce séjour si délicieux.
O vous qui blâmez ma constance, qu'exigez-vous de
moi? jamais je ne l'oublierai; jamais mon cœur ne
suivra vos conseils.
Ils sont superflus; laissez-moi mon amour; laissez-moi
la consolation de gémir sur la cruauté de mon amie.
Qu'elle me fuie, qu'elle me déteste; je ne cesserai
jamais de l'adorer, même au péril de ma vie.
Elle a changé; elle a trahi ses sermens; pour moi,
jamais je ne changerai; jamais je ne trahirai les
miens.

Cette chanson ne fit pas moins d'effet que les
précédentes sur l'esprit du nouveau khalyfe.
Mais tandis qu'on changeoit ses habits, un
pan du rideau écarté par hasard l'offrit tout
entier aux yeux des spectateurs. Son corps
étoit couvert de plaies fraîches qui paroissoient être les suites de quelques traitemens
rigoureux. Hâroûn qui l'observoit attentivement, dit tout bas à Dja'far : voilà un beau
jeune homme, mais je le soupçonne bien maintenant de n'être qu'un insigne voleur. — Et
pourquoi donc? reprit Dja'far. — N'as-tu pas
remarqué que son corps est plein de cicatrices
qui l'obligent même à se courber.

Tandis qu'ils parloient, les serviteurs du prétendu khalyfe avoient refermé le rideau, et finissoient la toilette de leur maître. Il revint se mettre à table, et on recommença à boire.

Hàroûn continuoit de parler tout bas à Dja'far; leur hôte s'apercevant de cette conversation secrète, et leur adressant la parole: Mes chers convives, leur dit-il, ne vous ai-je pas déjà observé combien ces colloques secrets étoient peu honnêtes?

Seigneur, reprit Hàroûn, la personne qui est assise à mes côtés est un très-gros marchand; il a beaucoup voyagé dans les différentes parties du monde; il a fréquenté les cours, les riches et les pauvres, mais il m'avouoit n'avoir jamais rien vu de semblable à ce qu'il voit aujourd'hui; tu viens de déchirer plusieurs robes magnifiques et qui doivent coûter des sommes considérables, c'est ce qui ne se pratique pas ordinairement, nous voudrions bien en savoir la cause; une fois de retour dans nos foyers, nous ne manquerons pas de vanter ta magnificence et de raconter tout ce que nous avons vu à ta cour. On nous demandera sans doute quelles raisons tu pouvois avoir pour déchirer des habits d'une si grande valeur; c'est encore un problème pour nous et toi seul peux nous l'expliquer,

Le nouveau khalyfe lui répondit : Bons
étrangers, toutes ces richesses sont à moi,
ainsi que mes habits, et votre question pourroit inquiéter mes serviteurs et mes esclaves;
car tous les habits que je déchire leur appar-
tiennent, et je leur en paie encore la valeur
à raison de cinq cents sequins la pièce. Hâroùn
lui répondit pas ces vers :

La libéralité a fixé son séjour dans tes mains ; tu puri-
fies tes richesses par l'usage que tu en fais ;
Et si la bienfaisance fermoit son temple sur la terre,
ce seroit toi qui en rouvrirois les portes.

Flatté d'un éloge aussi pompeux, le nouveau khalyfe ordonna de lui compter mille
sequins. Hâroùn, en souriant, pria Dja'far
de les recevoir. Celui-ci les prit, en disant :
nous sommes devenus poëtes, nous recevons
les bienfaits des rois.

La coupe recommença à circuler parmi les
convives ; tout le monde se livra sans réserve
à la joie, et le vin bannit toute espèce de contrainte. Hâroùn profita de la liberté que ce
moment sembloit autoriser pour le question-
ner sur les cicatrices dont son corps étoit
couvert, mais n'ayant obtenu aucune réponse,

il dit à Dja'far de lui faire la même question. Celui - ci prétextant que le moment
n'étoit pas favorable et qu'il falloit avoir un
peu de patience, Haroun insista, en le menaçant
de lui faire couper la tête.

Le nouveau khalyfe qui observoit leur colloque particulier, s'écria : Combien de fois
faudra-t-il vous répéter que rien n'est plus
indécent que ces conversations secrètes au
milieu d'une compagnie ? je veux savoir ce
dont il s'agissoit entre vous, mais prenez
garde surtout de me déguiser la vérité.

Dja'far prit la parole, et lui dit : Seigneur, nous avons aperçu sur ton corps des
traces de coups qui nous ont fort surpris,
nous nous consultions pour t'en demander la
cause.

Le nouveau khalyfe sourit à cette question,
et leur dit : très - volontiers, puisque vous
êtes curieux de savoir mon histoire, je vais
vous la raconter : elle est vraiment extraordinaire. Après avoir ainsi parlé, il poussa un
soupir ; quelques larmes s'échappèrent de ses
yeux, et il récita ces vers :

C'est un tissu d'aventures bien extraordinaires, et vous
en jugerez vous-mêmes, si vous consentez à me prêter
quelque attention.

Je m'engage à vous faire un récit fidèle dont vous
pourrez tirer quelque avantage.

Vous voyez une triste victime de l'amour : celle qui
m'a percé le cœur est au-dessus de tous les éloges.

Ses beaux yeux noirs, ses joues vermeilles, ses sourcils
bien arqués, sont les armes qu'elle a employées pour
ma défaite.

Mais si je ne me trompe, je vais instruire de mes
malheurs le souverain ; le khalyfe de l'univers.

Il est ici avec son vezyr Dja'far, qui m'a souvent donné
des marques d'une tendre amitié.

Et avec Mesroùr, l'exécuteur de ses ordres suprêmes.

Si mes conjectures sont fondées, je touche au terme
de mes maux.

L'astre du bonheur va luire pour moi, et je livre déjà
mon cœur à cette douce espérance.

Ces vers annonçoient assez que notre aventurier avoit reconnu ses hôtes ; mais Dja'far
pour le dérouter, lui dit : Vicaire de Dieu,
il n'y a parmi nous aucuns de ceux que tu
viens de nommer. —Cesse de m'appeler vicaire
de Dieu, du prince des fidèles, dit en souriant
le faux khalyfe, car je ne le suis point, je
n'ai pris ce titre que dans l'espérance qu'il
feroit du bruit parmi le peuple, et que le
khalyfe Hâroùn-âl-Rachyd en étant instruit,
me feroit comparoître devant lui, alors je
pourrois lui raconter mes malheurs ; ils excite-

roient à coup sûr sa pitié, et je retrouverois encore quelques beaux jours.

Hâroùn prit la parole, et dit : Ta sincérité mérite du retour ; nous avouerons donc que nous ne sommes point des marchands ; mais des gens attachés au service du khalyfe ; nous avons quelque accès auprès de lui, et nous emploierons tout notre crédit à te servir ; raconte-nous ton aventure, afin que nous puissions lui en faire part et t'obtenir l'audience que tu désires ; n'aie au reste aucune inquiétude, et tout se terminera à ta satisfaction.

Il commença ainsi son récit : Je suis marchand, fils d'un joaillier. Mon père se nommoit Mohhammed, et moi je m'appelle A'lychâh. Mon père en mourant m'a laissé une fortune rare ; un million de sequins en bourse, vingt jardins, dix étuves, vingt hôtelleries, quarante maisons, quinze moulins, douze marchés, composés chacun de quatre-vingts boutiques ; ajoutez encore à tout cela une immense quantité de pierreries de toute espèce. Après lui avoir rendu les derniers devoirs, distribué des aumônes aux pauvres et payé ses dettes, je repris son commerce ; je m'occupois à vendre et à acheter des pierreries.

17.

Un jour que j'étois tranquillement assis dans ma boutique, environné de mes esclaves et de mes domestiques, une jeune personne de la plus grande beauté s'avança tout à coup vers moi. En voici le portrait fidèle dans les vers que je vais vous réciter.

La lune est moins brillante au milieu des ténèbres.
Son voile entr'ouvert laissoit apercevoir une superbe chevelure.
Je lui demandai son nom. C'est moi, répondit-elle, qui embrase le cœur de tous ceux qui me fixent.

Je tâchai de lui peindre mon amour et mes désirs ; elle se contenta de me dire : Tu ne t'aperçois donc pas que tu t'adresses à un rocher.
Si tu es un rocher, répliquai-je, je n'ignore pas que Dieu sait amollir les rochers, et en faire jaillir de l'eau.

Plus elle s'approchoit de moi, et plus la vue de ses appas faisoit des impressions profondes sur mon cœur ; j'en devins éperdument épris ; mes yeux immobiles étoient fixés sur elle. Elle étoit montée sur une superbe mule, accompagnée de trois esclaves de la plus rare beauté ; elle vint descendre à la porte de ma boutique où elle s'assit, tandis que ses esclaves debout gardèrent l'attitude la plus respectueuse. Dès qu'elle mit le pied sur le seuil de la porte, je lui adressai ce vers :

Salut au printemps, qui entre chez moi, couronné d'anémones, de narcisses, de marguerites et de roses.

Elle me salua gracieusement, et je lui rendis le salut, en lui disant : Madame, votre présence est d'un heureux augure ; auriez-vous besoin de mes services ? — Oui, très - grand besoin, et pour une affaire très-importante, car si tu me procures ce que je désire, je t'en aurai la plus grande obligation. —De quoi s'agit-il? — Je voudrois un beau collier en diamans. — J'en ai, je peux vous en montrer. Alors je lui présentai un collier de deux cents sequins. — Je veux quelque chose de plus précieux. — Je lui en montrai un de quatre cents sequins ; elle le rebuta encore, et elle en fit de même de plusieurs autres, jusqu'à ce qu'enfin je lui en présentai un de soixante-et-dix mille sequins. Elle s'écria en le voyant : voilà ce que je cherchois depuis long-temps ; combien en veux-tu ? — Je vous ai déjà dit le prix au juste, lui répliquai-je ; c'est ce qu'il me coûte. — Puis qu'il en est ainsi, je te donnerai en sus mille sequins de bénéfice. — Je ne veux pas gagner sur vous. — Cela n'est pas juste, tu es marchand, il faut que tu vives de ton commerce. Aussitôt elle se leva, remonta sur sa mule, et me dit de la suivre pour recevoir mon argent; je fermai ma boutique, et elle me conduisit à un grand hôtel, sur la porte duquel étoit écrit ce distique, en lettres d'or :

Demeure paisible, que le chagrin et les noirs soucis ne pénètrent jamais dans ton enceinte;
Et puisse ton maître y vivre toujours à l'abri des coups de la fortune !
La plus belle des maisons est celle qui, comme toi, est toujours ouverte à tout le monde,
Et où les convives sont assis à leur aise.

En entrant dans cet hôtel, continua A'lychâh, je fus surpris du luxe qu'on y avoit étalé, et j'étois livré à mes réflexions, lorsqu'une esclave s'avançant vers moi, me dit : Ma maîtresse m'envoie pour te dire qu'il ne convient pas que tu restes ainsi debout, elle t'invite à passer dans la salle, et à t'y reposer jusqu'à l'arrivée de l'intendant chargé de te compter la somme convenue. Je la suivis; elle me fit asseoir sur un soffa magnifique, et mes yeux furent éblouis de la richesse des tapis et de la beauté des peintures et des inscriptions dont cette salle étoit ornée. J'avois eu à peine le temps de m'asseoir, lorsqu'une autre esclave parut et me pria de passer dans l'appartement intérieur; je me crus transporté dans un séjour enchanté; mais ce qui me frappa surtout, fut un trône d'or, surmonté d'un dais avec deux rideaux de soie, relevés de chaque côté, qui laissoient entrevoir une jeune personne assise. Je la reconnus aussitôt pour celle qui avoit acheté mon collier, il étoit à son cou et il brilloit comme les étoiles au milieu des ténèbres de la nuit.

Son visage découvert avoit l'éclat de la pleine lune. A la vue de tant de charmes je demeurai dans la stupeur; un feu dévorant embrasa mon cœur, et je n'étois presque plus le maître de mes transports. Dès qu'elle m'aperçut elle se leva et vint au-devant de moi, en me disant: Le plus beau des amans vole ordinairement au-devant de sa maîtresse, mais c'est moi qui vais à ta rencontre. — Unique et parfait modèle de beauté, répliquai-je, tous mes hommages te sont dus; le moindre de tes attraits suffit pour embellir une mortelle. — A'lychâh, me dit-elle, je ne puis te cacher plus long-temps l'amour que j'ai conçu pour toi; depuis long-temps j'aspirois au bonheur de te voir. Et en

parlant ainsi, elle se jeta dans mes bras, m'embrassa et me serra étroitement contre sa poitrine; je voulois profiter du moment, mais
s'étant bientôt aperçue de mon intention: A'ly-
châh, me dit-elle, voudrois-tu donc abuser de
la manière la plus coupable des droits que je
t'ai donné sur mon cœur, apprends que je
suis d'une famille illustre; je sais respecter
les lois de la pudeur et les devoirs que m'impose ma naissance. Ne sais-tu pas qui je suis?
— Non, madame. — Tu tiens dans tes bras
Sytt-âl-dounyâ (1), la fille d'un Barmécyde et
la sœur du grand vezyr Dja'far. A ces mots
je fus saisi d'effroi, mes yeux se baissèrent
vers la terre, et d'une voix tremblante: Madame, lui dis-je, la faute n'en est point à moi,
ce sont vos charmes irrésistibles... —Ne crains
rien, me dit-elle, nous serons bientôt unis
par des liens légitimes; je puis disposer de
ma main; le qâdhy de Bâghdâd est mon tu-
teur, et tu peux dès ce moment me regarder
comme ton épouse. Aussitôt elle envoya chercher le qâdhy et des témoins, et elle lui dit:

(1) Ce nom, qui signifie la maîtresse du monde,
étoit en effet celui d'une princesse de l'illustre et malheureuse famille des Barmécydes.

Voici A'lychâh, le bijoutier qui me demande en mariage, il m'a donné pour dot ce collier que je porte; je l'ai agréé et je veux qu'il soit mon époux. Le qâdhy ne fit aucune difficulté; il dressa notre contrat de mariage, et reçut ainsi que les témoins de riches présens. Lorsqu'ils furent congédiés, Sytt-âl-dounyâ ordonna à ses esclaves de préparer le festin des noces. On nous servit les mêts les plus recherchés et les vins les plus exquis; bientôt échauffés par la bonne chère, nous nous débarrassâmes des habits qui nous incommodoient. Une jeune chanteuse vint nous égayer en s'accompagnant sur un luth, et elle déploya le charme de sa voix.

Mon ami, je t'en conjure au nom du Très-Haut, vole vers ma maîtresse, et n'oublie rien pour la déterminer à venir me voir.

Représente-lui l'injustice de ses rigueurs. Peut-être de tendres reproches l'adouciront-ils.

Si elle paroît prêter quelque attention à tes discours, dis-lui dans la conversation : pourquoi réduire au désespoir celui qui vous adore?

S'il lui échappe un sourire, continue avec la même douceur, et ose lui dire : que vous en coûteroit-il de le rendre heureux, en lui accordant une seule entrevue?

Si tu aperçois alors la moindre altération dans la

physionomie, quelque signe de colère, empresse-toi
de la calmer, et s'il le faut, dis même : je ne le
connois point.

La musique jointe à une voix mélodieuse
embrasoit mes sens et pénétroit mon âme de
volupté. Dix chanteuses se succédèrent et
exécutèrent, les unes après les autres, les airs
les plus agréables : enfin, ma nouvelle épouse
prit elle-même un luth, l'accorda, et jouant
d'une manière bien supérieure à toutes celles
qui l'avoient précédée, elle chanta cette
chanson :

Le visage de mon amant a l'éclat de la lune ; mais
l'astre de la nuit n'a pas ce sourire gracieux qui
m'enchante.

Que sa taille est svelte et déliée ! Il sied bien à ce jonc
de vouloir le lui disputer en élégance et en flexi-
bilité.

Cette coupe qui se colle sur sa bouche me cause des
mouvemens de jalousie ; mais ce qui me console, c'est
de voir le cristal se ternir devant les perles de ses
dents.

Lorsque je le tiens serré entre mes bras, je sens la
volupté circuler dans mes veines ; cependant je dési-
rerois encore pouvoir m'en approcher davantage.

Je suce ses lèvres pour appaiser l'ardeur qui me dévore,
et mes feux augmentent de plus en plus.

Non, je ne serai satisfaite, que lorsque je verrai mon
âme confondue dans la sienne.

Transporté d'admiration et de plaisir, je m'écriai : Répète ce dernier couplet, ma bien aimée ; répète-le, je t'en conjure. Elle sourit, et me dit : à condition que tu chanteras ensuite. — Je te le promets. — Elle le répéta, en fixant sur moi ses beaux yeux langoureux ; et lorsqu'elle eut fini, je lui adressai ces vers :

Grâces au Très-Haut, qui t'a prodigué tous les charmes imaginables, je me range avec plaisir au nombre de tes esclaves.

O toi, qui par un coup d'œil captive le cœur des mortels, comment aurois-je pu me préserver du puissant prestige de tes regards !

Ton teint est aussi clair, aussi frais que l'eau des fontaines, et les roses croissent sur tes joues.

Tu fais à la fois le tourment et le charme de ma vie.

Que ta présence m'inspire d'allégresse !

Aye pitié d'un malheureux consumé par tous les feux de l'amour ; je ne puis trouver le bonheur que dans ta possession.

Que les vers que tu chantes avec tant de grâces, continuai-je, ont pour moi de douceurs ; mais j'en savourerois encore davantage sur tes lèvres.

Cette saillie fit beaucoup rire la jeune princesse. Je me garderai bien de te contredire, s'écria-t-elle, il est temps de nous retirer, A'lychâh, afin de goûter d'autres jouissances.

Esclaves retirez-vous , vous devez avoir besoin de repos. Bientôt nous fûmes seuls;
elle me prit alors par la main et me conduisit
dans la chambre où étoit préparé le lit nup-
tial. La couche étoit d'ébène incrustée en or.

Ma jeune épouse voulut elle-même me déshabiller ; à chaque instant elle interrompoit
son occupation pour me presser contre sa
poitrine d'où s'exhaloit un parfum de musc
et d'ambre. A peine fut-elle au lit que j'es-
sayai d'en obtenir les plus douces faveurs;
mais elle se défendit , voilà son visage, et
s'échappa de mes bras comme une gazelle
craintive.

Surpris de sa résistance, je m'écriai : Madame , que dois-je penser de cette étrange
conduite ? je suis incertain sur vos sentimens:
est-ce donc de l'amour ou de la haine que
je vous ai inspiré? —Ecoute, A'ly, me dit-elle,
désires-tu me posséder ? — Oui, sans doute,
à quelque prix que ce soit. — Hé bien, j'ai
une condition à te prescrire , si tu la remplis,
tu seras le plus chéri, le plus heureux des
mortels ; mais si tu y manques, compte sur
mon ressentiment et sur ma vengeance. J'ac-
ceptai d'avance toutes les conditions qu'elle
me dicteroit. — Hé bien, continua-t-elle,

j'exige que tu ne voie jamais d'autre femme
que moi. — Je vous le jure, m'écriai-je. Alors
pleine de confiance dans mon serment, elle se
livra à mes transports, et nous passâmes toute
la nuit dans des délices si bien chantées par ce
poëte :

Nuit délicieuse, passée au sein de la volupté, ton charme
se prolongera sur tout le cours de ma vie.

Une jeune beauté, vive comme la gazelle, me présentoit ma coupe remplie d'une liqueur pétillante.

Sa taille est aussi déliée que le jonc, et sa voix harmo-
nieuse jette le trouble dans tous les cœurs.

A la vue de tant d'attraits, un feu dévorant s'alluma
dans mes veines.

Son sourire ne fit que l'irriter. Une odeur plus douce
que l'ambre s'exhaloit de sa bouche. Des dents, ou
plutôt des perles d'une blancheur éclatante, en faisoient l'ornement.

Les doux accens de sa voix achevèrent de m'enivrer.
Mais que devins-je quand elle y joignit les sons d'un
instrument mélodieux !

Bientôt elle se leva, et dans sa marche nonchalante,
elle imitoit les vacillations du flexible cyprès agité
par le zéphir matinal.

Je n'étois plus maître de moi. Me précipiter vers elle,
la saisir entre mes bras, la couvrir de mille ardens
baisers, ne fut pour moi qu'une même chose. —

Dieu tout-puissant, que de trésors je découvris ! mon
amante partagea mon ivresse. Nous étions seuls à

l'abri des importuns et des jaloux. Gardez-vous bien, curieux, de vouloir pénétrer les mystères de l'amour.

Lorsque l'aurore parut, continua A'lychâh, elle nous trouva encore dans les bras l'un de l'autre. La nuit entière s'étoit passée sans que nous eussions fermé la paupière; cependant, succombant sous le poids de la volupté et de la fatigue, je m'abandonnai au sommeil. J'étois encore profondément endormi, quand une main légère se promenant sur mes jambes et sur mes pieds me tira de mon assoupissement; j'ouvris les yeux et je vis une jeune esclave occupée à me masser. Mes regards se fixèrent involontairement sur elle; j'éprouvai les plus violens désirs; le diable me tenta, et sans doute il s'étoit glissé auprès de moi sous les traits de cette jeune fille; elle étoit d'une beauté ravissante : Mon enfant, lui dis-je, d'où viens-tu? qui es-tu? — Vous voyez devant vos yeux une de vos esclaves, qui s'estimera trop heureuse de pouvoir vous plaire, ses sentimens s'accordent trop bien avec ses devoirs. — Mais je n'aperçois point Sytt-âl-dounyâ; qu'est-elle devenue? — Elle est au bain, et elle m'a ordonné de vous réveiller pour que vous alliez la joindre; mais, ô le plus aimable des maîtres, ne pour-

rois-je pas vous tenir lieu dans ce moment
de Sytt-âl-dounyâ ; peut-être ne trouveriez-
vous pas dans mes bras moins de jouissances
et moins de plaisirs que dans les siens. —
Pourrois - je compter sur ta discrétion ?
— C'est moi qui vous demande le secret. Ses
tendres aveux allumèrent mon imagination ;
je la saisis pour la presser contre mon sein ;
mais quelle fut ma surprise quand je la vis se
débattre : Pourquoi donc cette résistance,
m'écriai-je ?

A peine avois - je prononcé ces mots, que
Sytt-âl-dounyâ entre, la colère dans les yeux
et un fouet à la main : Traître, s'écria-t-elle,
où sont tes sermens ? ils sont aussitôt violés
que proférés ; cette esclave a déjà la préfé-
rence sur moi ; apprends que c'est moi-même
qui l'ai envoyée pour sonder tes sentimens ;
j'ai tout vu et tout entendu, il ne m'est plus
permis de douter de ta perfidie : des monstres
tels que toi sont indignes de vivre.

A l'instant elle appelle ses esclaves ; vingt
femmes me saisissent, me lient, et on envoie
chercher l'officier de police. Dès qu'il fut arrivé on me remit entre ses mains, et Sytt-âl-
dounyâ lui dit : Voici un voleur, pris en
flagrant délit ; il nous a dérobé différens effets,

fais-le frapper de verges jusqu'à ce qu'il avoue
son larcin, surtout ne le relâche point sans
mon consentement.

Après cette recommandation l'on me couvrit
la tète, et on me conduisit à la maison de l'officier de police. Partout on crioit sur mon
passage : voici un voleur, voici un voleur.
En arrivant l'officier de police ordonna à ses
gens de me mettre sous le bâton jusqu'à ce
que j'avouasse le délit dont j'étois accusé,
et sur-le-champ on se mit à me déshabiller et
à me frapper sur le dos à coups redoublés,
en criant : où sont les effets que tu as pris ?
J'avois beau leur dire : je n'ai rien pris, je suis
innocent, toutes mes protestations étoient
inutiles, et ils continuèrent à me frapper jusqu'à ce que je perdisse connoissance ; alors
le magistrat me voyant dans cet état, me
fit transporter dans un cachot. La nuit
vint et mes blessures refroidies me causèrent
des douleurs cuisantes qui m'arrachoient de
sourds gémissemens. Tandis que je me plai-
gnois, la muraille s'ouvrit tout à coup, et il
en sortit une jeune fille aussi brillante que
le soleil après une tempête ; elle s'avança vers
moi et me dit : Jeune homme, tu m'as bien
troublé cette nuit, depuis long-temps je fais

ici mon séjour, j'y ai déjà vu beaucoup de pri-
sonniers, mais aucun ne s'est plaint aussi
amèrement que toi. — Belle inconnue, lui dis-
je, loin de blâmer mes plaintes importunes,
elles exciteroient votre pitié si vous en con-
noissiez la cause : voyez l'horrible traitement
que j'ai essuyé. Et en même temps je lui montrai les plaies dont j'étois couvert. Elle ne put
se défendre, en les voyant, d'un sentiment de
commisération, et elle me dit : Serois - tu par
hasard un voleur ? — Certes, non, lui ré-
pondis - je, j'en jure par le Tout - Puissant ;
jamais je n'ai dérobé ; jamais je n'ai fait tort
à qui que ce fût, et mes malheurs sont seulement l'ouvrage d'un destin ennemi. L'ingénuité de ma réponse la persuada ; j'excitai
même sa curiosité et son intérêt, et elle me
pria de lui raconter mes aventures, je m'em-
pressai de la satisfaire avec la plus grande sincérité. Après avoir entendu mon récit : Serois-tu
curieux de te venger ? me dit-elle ; si tu veux,
je vais envoyer à la cruelle Sytt-âl-dounyâ un
de mes serviteurs qui la tourmentera et l'em-
pêchera même de prendre de la nourriture. —
A Dieu ne plaise, lui répondis-je, que je consente à lui causer la moindre peine ; elle est
toujours ma bien - aimée et mon cœur lui

appartient; je respecterai ses injustices mêmes.

— Jeune homme, je ne conçois rien à ta conduite, cette barbare t'a remis entre les mains de l'officier de police qui t'a infligé un châtiment aussi rigoureux qu'injuste, et lorsqu'il s'agit de te venger tu rejettes toutes mes offres. — Rappelez-vous, lui dis-je, cet ancien proverbe: les coups d'une amie paroissent aussi doux que des raisins, et les pierres qu'elle nous jette sont des grains de grenade. En même temps je fondis en larmes, en récitant ces vers :

Vis heureuse, ma tendre amie; laisse-moi gémir et
　　t'adorer en silence :
Je chérirai tout ce qui viendra de ta part, et tes rigueurs
　　même seront pour moi des bienfaits.

La belle inconnue sourit : Jeune homme, me dit-elle, ces sentimens me font plaisir, ils annoncent la pureté de ton cœur; il ne tiendroit qu'à toi de sortir dès l'instant même de cette prison; je te transporterois dans un superbe palais; ta bien-aimée endormie s'y trouveroit aussi, et elle ne se réveilleroit qu'au moment où tu la presserois dans tes bras; mais je crains que, loin d'être touchée de la sincérité de ton retour, elle ne soit toujours aussi irritée, et ne te demande quel a été ton libérateur ? tu lui répondrois : c'est sans doute une femme que je ne connois point. Comme elle me connoîtroit encore moins elle - même, et qu'elle ne sauroit pas combien il est dangereux de me déplaire, il se pourroit bien qu'elle te remît entre les mains du magistrat de police qui ne manqueroit pas de te faire couper la tête, avant que j'en fusse instruite. Pour venger une pareille injure, il faudroit que j'envoyasse vers elle un de mes serviteurs, chargé de la maltraiter et de la faire expirer sous ses coups ; mais tu m'as inspiré trop d'amitié pour que je consente à t'exposer à de si grands périls. J'ai un moyen plus sûr, et qui n'entraîne aucun danger ; je veux te remettre un talisman qui ne te laissera rien à désirer, tu ne craindras aucune puissance de la terre, et rien ne te sera impossible ; ta bien-aimée sera à ta discrétion ; tu pourras à ton gré la perdre ou lui faire grâce ; tu commanderas en souverain dans la ville de Bâhgdâd, tu n'éprouveras de résistance de la part de qui que ce soit ; il ne tiendra qu'à toi de déposer le khalyfe, de le faire périr, et de détruire même cette capitale de fond en comble. En même temps elle tira de son sein

18.

une bague qu'elle me mit au doigt, en me
disant : Lorsque tu désireras quelque chose,
tu tourneras le chaton de cette bague, et aussitôt tu verras paroître devant toi mon serviteur affidé, dont la puissance est pour ainsi dire
illimitée. C'est un de ces génies rebelles envers
Salomon, il exécutera ponctuellement tous tes
ordres : fais en ma présence l'épreuve de la vertu de ce talisman. Aussitôt je tournai le chaton
de ma bague, et je vis paroître le personnage
dont m'avoit parlé ma libératrice. Me voici
seigneur, me dit-il, que désirez-vous ? —
Quel est ton nom ? — Je me nomme Héïlfoùs.
Il avoit une figure épouvantable, deux énormes dents aussi grosses que des meules de
moulin sortoient de sa bouche. Pourrois-tu,
lui dis-je, me construire un palais avec une
salle très-élevée ? — Volontiers ; je me charge
même de le meubler avec la plus grande magnificence, et de le peupler de tous les domestiques et de tous les esclaves nécessaires
à ton service, et lorsque tu y seras établi tu
n'auras qu'à former des désirs pour les voir
à l'instant accomplis. — Combien de mois
faudra-t-il attendre pour pouvoir habiter dans
ce palais ? — Eh, qui te parle de mois ? —
Combien de semaines ? — Il ne s'agit d'attendre

ni une semaine, ni un jour ; cette nuit même tout sera disposé, dis-moi simplement quel emplacement te plairoit ; s'il est par hasard occupé, j'en exterminerai les habitans ; ton palais sera construit avant le lever de l'aurore, et je me flatte même qu'il surpassera ton attente. — Dieu me préserve, lui dis-je, de nuire jamais à ses créatures et de troubler leur repos. — Préférerois-tu que j'élevasse ton palais sur les ruines de celui du khalyfe, ou de celui de Dja'far son vézyr ? tu n'as qu'à parler. — Héïlfoùs, lui répondis-je, je n'ai point à me plaindre du khalyfe ni de son vézyr, et je n'accepterai jamais une fortune aux dépens de la leur ; s'il est en ton pouvoir de m'accorder un palais, élève-le à une des extrémités de la ville, dans un lieu où il ne nuise à personne. — Suis-moi, me dit-il. Il me conduisit hors de la ville, me dressa une tente sur une petite éminence, et m'y apporta d'excellens restaurans. Lorsque j'eus bu et mangé, je me livrai au sommeil, et l'aurore commençoit à paroître lorsque mes yeux s'ouvrirent. Je me trouvai dans ce palais déjà tout meublé avec la plus grande magnificence et tel que vous le voyez. Une nombreuse troupe d'esclaves des deux sexes m'environnoient.

A qui appartient ce palais ? demandai-je à
Héilfoùs. — Il est à toi, et tous les esclaves
que tu vois sont à tes ordres. — D'où tout
cela vient-il ? — Seigneur, nous sommes
du nombre de ces génies pour lesquels il n'y
a rien d'impossible, et je commande à une
multitude de génies inférieurs; les uns ont
été chargés de me procurer un garçon et
une fille, et ils les ont choisis parmi les enfans des grands et des souverains de la terre;
d'autres ont été employés à la construction
de l'édifice, et il a suffi que chacun d'eux
apportât une seule pierre, ou bien un des
meubles de ce palais. Il s'en faut bien au
reste que tous mes serviteurs ayent été oc-
cupés, car je n'en ai pas employé la dixième
partie; si tu désires encore quelque chose tu
seras bientôt satisfait. Je m'installai dans ma
nouvelle demeure; les esclaves rangés autour
de moi, attendoient mes ordres en silence.
Je demandai à mon génie une gondole, et à
l'instant il me procura celle que vous avez
vue; je m'en servois pour me promener sur
le Tygre, en faisant proclamer devant moi la
défense de se montrer sur le fleuve, et même
aux fenêtres; je pris en même temps le titre
de khalyfe, afin que cette nouvelle courant de

bouche en bouche, parvînt jusqu'aux oreilles
d'Hâroùn-àl-Rachyd : en cela je n'ai d'autre dessein que de piquer sa curiosité et d'exciter ses
soupçons. Il m'enverra sans doute chercher à
l'instant, et alors je lui raconterai mon aventure,
il est impossible qu'il ne prenne pas quelque
intérêt à mon sort : lui seul peut me délivrer
des persécutions de Sytt-àl-dounyâ en ordon-
nant à son frère Dja'far de faire ma paix avec
elle ; toutes ses injustices n'ont pu affoiblir
mon amour ; le sommeil fuit loin de mes yeux
et l'existence me devient pénible ; cette femme
m'est trop chère pour que je songe à me venger de ses rigueurs, et comment pourrai-je
concevoir de la haine contre son frère Dja'far ?
il ignore ce qui s'est passé entre nous. C'est
cependant elle qui a désiré notre union,
c'est elle qui a jeté dans mon cœur les premières étincelles du feu qui le dévore, et
qui m'a plongé dans l'abîme de maux où
vous me voyez ; mais tous ces événemens
étoient sans doute écrits dans le livre du destin, et si telle est la volonté du Très-Haut
ils pourront avoir une heureuse issue.

Le récit de toutes ces aventures extraordinaires causa le plus grand étonnement au
khalyfe, il ne vit pas sans un secret effroi

la puissance presque illimitée de A'lychâh. —
Jeune homme, lui dit-il, as-tu jamais eu
sujet de te plaindre du khalyfe ? — Non certes,
repondit-il, Hâroùn-âl-Rachyd est un prince
également grand et équitable, il ne me connoît point et il n'a jamais entendu parler de
moi ; mais si vous avez quelque accès auprès
de lui, daiguez être mes intercesseurs et l'engager à mettre fin aux tourmens que j'endure,
en me reconciliant avec Sytt-âl-dounyâ. A'ly-
châh, reprit Hâroùn, avec autant de moyens,
comment aurois-tu besoin du khalyfe ou de
qui que ce soit ? ne peux-tu pas diriger les
événemens à ton gré ? — En employant ma
puissance il en résulteroit des inconvéniens
inévitables ; je craindrois que mon infidélité
m'ayant aliéné le cœur de mon épouse mes
avances ne lui inspirassent que plus de fierté.
Elle ne manqueroit pas de se prévaloir des
torts que j'ai eus envers elle, pour me traiter
encore avec rigueur, alors je ne serois plus
maître de mon ressentiment, à coup sûr
elle chercheroit à se venger, car elle est femme :
enfin il seroit aussi possible que le khalyfe,
pour lequel je fais les vœux les plus sincères,
indigné de mon imprudente témérité, ne me
pardonnât pas d'avoir usurpé son titre et ses

droits. — Eh ! que t'importeroit sa colère,
puisque sa vengeance ne peut s'étendre jusque sur toi ; tu possèdes un talisman qui
te donne un pouvoir que n'ont jamais eu le
khalyfe ni ses ancêtres, et qui te met à l'abri
de toutes ses poursuites. — Tu dis vrai, mais
Dieu lui-même protége la majesté du trône,
et ce seroit le comble de l'impiété que d'oser
lutter contre celui qui commande ; car le
Très-Haut a dit lui-même dans son Qorân :
Soyez soumis aux puissances de la terre.

Cette réponse satisfit et tranquillisa le khalyfe. « D'après ton respect pour les droits
sacrés du souverain, nous nous empresserons
de communiquer ton affaire au khalyfe, nous
nous flattons de réussir au gré de tes désirs. »

Après cette conversation Hâroùn et ses deux
compagnons demandèrent la permission de se
retirer ; A'ly-châh vouloit les retenir et les enga-
geoit à passer encore une nuit avec lui, mais ils
s'excusèrent, en disant : nous craignons que le
khalyfe ne nous demande et ne nous trouve
pas, nous ne pouvons nous éloigner pendant
long-temps ; mais comptez sur notre exactitude, demain il vous enverra des officiers de
sa cour, de la musique, une robe d'honneur
pour vous inviter à venir au dyvân, où vous

terminerez votre affaire. — Il est de mon devoir, répondit A'ly-châh, de lui envoyer un présent, j'espère que vous voudrez bien vous charger de le lui offrir de ma part et de le lui faire agréer. En même temps il prit dans un écrin deux colliers de diamans, Hâroûn refusa de les prendre à cause de leur immense valeur; mais A'ly-châh insista, et d'après son refus obstiné les remit au vézyr Dja'far, qui s'en chargea.

Le jour commençoit à poindre quand ils sortirent pour retourner au palais ; le khalyfe avant de monter sur son trône dans la salle d'audience eut un entretien particulier avec le grand vézyr. « C'est cependant ta sœur, lui dit - il, qui est la cause première des aventures que nous venons d'entendre et de celles qui nous sont arrivées. » — Seigneur, je ne savois rien de tout cela. — Je le veux bien croire, répliqua le khalyfe, mais je t'ordonne d'aller trouver ta sœur, et de la déterminer à faire sa paix avec son époux; son refus entraîneroit sa perte et la tienne. —Je vole pour obéir à tes ordres suprêmes, prince des fidèles, répondit le vézyr. En effet, il sortit tout tremblant du palais impérial; en entrant chez lui il aperçut sa sœur fondant en larmes, car elle aimoit Aly-châh plus même qu'elle n'en étoit aimée, la vengeance qu'elle avoit tirée de cet infidèle n'étoit qu'un effet trop naturel de son violent amour; mais à peine l'eut-elle livré à l'officier, que la compassion succédant à la colère, elle s'étoit bientôt repentie de sa cruauté; le lendemain elle avoit envoyé des ordres pour le tirer de sa prison et le ramener chez elle, mais il avoit disparu. A cette affreuse nouvelle elle étoit livrée au désespoir, le sommeil avoit fui loin de ses yeux, des torrens de larmes en couloient jour et nuit: elle étoit dans cet état quand son frère vint la trouver. Pourquoi verses-tu des larmes, ma chère Sytt-âl-dounyâ? lui dit-il. Elle voulut d'abord cacher la cause de sa douleur; mais quelque violence qu'elle se fit le nom de A'ly-châh échappé à travers ses sanglots trahit son secret. Quel est donc cet A'lychâh dont tu prononces si souvent le nom? lui dit son frère. Après avoir repris ses sens, la jeune princesse raconta son histoire avec fidélité. Comment! s'écria Dja'far, tout cela est arrivé sans que j'en fusse instruit. — Je craignois de ne pas avoir ton approbation; car tu n'aurois pas manqué de me représenter combien la fille et la sœur d'un vézyr se mésallioit en épousant le fils d'un marchand, et l'amour qu'il m'avoit inspiré m'a forcée d'avoir un secret pour le plus chéri des frères.

Dja'far ne voulut pas dissimuler plus long-temps; il lui apprit la suite des aventures de son époux, et ajouta : si le khalyfe ne m'avoit pas chargé de vous réconcilier, je t'aurois poignardée à l'heure même ; mais calme toutes craintes, tu vas revoir celui que tu chéris si tendrement. Dès qu'il sera de retour, tâche de lui faire oublier les mauvais traitemens qu'il a essuyés par tes ordres.

Quand Dja'far retourna au palais impérial, la musique et les officiers de la cour étoient déjà partis pour porter la robe d'honneur à A'ly-châh; bientôt celui-ci arriva lui-même. Dès qu'il parut Hároùn se leva, fit quelques pas pour aller au-devant de lui, et voulut qu'il s'assît auprès de son trône ; entre autres choses agréables il lui dit : Tu avois hier à ta table trois convives qui t'aiment sincèrement; c'est moi, le vézyr Dja'far et Mesroùr ; je ne veux pas te retenir plus long-temps, mon vézyr est chargé de te conduire auprès de ton épouse, je t'en-gage à ne pas rejeter ses excuses, à lui rendre ton cœur, j'espère qu'elle sera moins sévère et qu'elle aura pour toi les égards que l'on doit à un époux et surtout à un homme tel que

toi. En effet Dja'far le conduisit à son palais
où Sytt-âl-dounyâ les attendoit; dès qu'il y
entra elle se leva, vola au-devant de lui, lui fit
des excuses; leur paix fut scellée par des embrassemens mutuels. A'ly-châh passa le reste du
jour et toute la nuit auprès d'elle, dans le sein
des plus doux plaisirs.

Le lendemain il alla au dyvân; le khalyfe
le fit encore asseoir auprès de lui et le combla
d'honneurs. A'ly-châh consacra la puissance sur-
naturelle dont il étoit doué, pour seconder les
opérations et accroître la gloire de Hâroùn,
ils passèrent un an entier dans la plus tendre
intimité.

Un jour en rentrant dans son palais, il trouva
sa chère Sytt-âl-dounyâ attaquée d'une maladie
mortelle, il s'assit auprès d'elle et ne la quitta
pas pendant cette maladie qui ne dura que
trois jours, le quatrième elle mourut. Cette
perte lui causa une douleur si vive qu'il refusa
toute espèce de consolation et mourut bientôt
lui - même. On les enterra tous deux dans le
même cercueil et dans le même tombeau, après
avoir soigneusement lavé leurs corps. Hâroùn
fut lui-même aux obsèques et pleura long-
temps A'ly-châh, car il l'aimoit tendrement;
cependant comme les rois n'oublient jamais

leurs intérêts, il ordonna à Dja'far de chercher la bague enchantée; quelque perqui-
sitions qu'on fît il ne fut pas possible de la
trouver.

LE HÉROS AU TOMBEAU,

CONTE ARABE,

tiré des Méqâméh (ou Séances) du Hharyry.

Je fis un voyage à Meyâfarékyn, ville célèbre de la Mésopotamie, dit Hhârets ben-hemmâm, en compagnie de quelques personnes d'un commerce doux et facile, d'une discrétion à toute épreuve et ennemies de la flatterie et de la dissimulation. J'étois au milieu d'elles comme un agnéau qui craint de s'éloigner de la bergerie, et de perdre un instant de vue ses fidèles compagnons. A notre arrivée à Meyâfarékyn nous nous jurâmes mutuellement un souvenir éternel, et nous nous promîmes de ne point nous séparer dans cette terre étrangère. En conséquence nous fixâmes un rendez-vous, où nous passions ensemble une bonne partie de la journée à nous faire part des nouvelles du temps.

Un jour, comme nous étions tous réunis, nous apercevons devant nous un homme qui rassembloit le peuple autour de lui, et qui, après lui avoir souhaité mille bénédictions, prononcées d'un ton ferme et sonore, se mit à débiter les vers suivans du même air qu'auroit eu un magicien méditant des sortiléges, ou bien un chasseur accoutumé à poursuivre le lion et la brebis.

« Mes amis, j'ai à vous faire un récit qui
» vous étonnera sans doute ; il mérite toute
» votre attention, et il peut être même le
» sujet des méditations d'un esprit intelligent.

» J'avois, dans la fleur de mon âge, un
» compagnon d'armes, d'une vigueur, d'une
» force et d'une adresse qui lui avoient fait
» la réputation de la meilleure lame de son
» temps.

» Il se présentoit aux combats avec la
» hardiesse d'un héros qui est assuré du
» triomphe.

» Rien ne résistoit à ses efforts, et il savoit
» se faire un large passage dans les lieux
» les plus serrés.

» Jamais il n'a combattu avec de jeunes
» athlètes de son âge, qu'il ne se soit retiré
» du champ de bataille avec la lance teinte
» de sang.

» Et toutes les fois qu'il a entrepris de for-
» cer une de ces citadelles redoutables, dont

» les portes avoient toujours été fermées à
» l'ennemi,

» Son assaut a été suivi du succès le plus
» complet ; enfin, en le voyant aux prises, on
» chantoit d'avance ce verset du Qorân :
» *Tout secours vient du ciel, et la victoire*
» *est prochaine.*

» Aussi beau que vaillant, il usoit avec une
» noble fierté de tous les avantages d'une
» brillante jeunesse, et combien de nuits n'a-
» t-il point passées

» Au service des belles, dont il méritoit
» les tendres caresses par ses soins et ses
» hommages ?

» Mais enfin le destin, jaloux de son bon-
» heur, lui a enlevé petit à petit toute la
» force et tous les agrémens dont il étoit doué ;

» Et il l'a rendu un objet de mépris, aux
» yeux même des personnes qui l'avoient le
» plus chéri.

» En vain l'enchanteur habile, en vain le
» médecin expérimenté lui ont prodigué les
» secours de leur art, son mal est devenu
» incurable ;

» Et il s'est vu contraint de renoncer aux
» combats et au beau sexe auxquels il s'étoit
» entièrement dévoué.

4. 19

» Il a langui long – temps au milieu des
» siens, frappé d'un léthargique sommeil,
» la tête renversée. Hélas! celui qui pousse
» trop loin sa carrière est exposé à des revers
» inouis.

» Il expire dans ce moment, et je l'ai laissé
» enveloppé dans ses haillons. Qui de vous,
» mes amis, voudra contribuer aux frais du
» suaire de ce malheureux étranger ? »

En terminant cette oraison funèbre, le vieillard qui avoit parlé, se mit à pousser des
sanglots et à verser un torrent de larmes,
comme feroit un amant pour la perte de sa
maîtresse. Enfin, après avoir exhalé ses regrets
et séché ses pleurs, il dit : « O vous, modèles
» des cœurs compatissans et généreux, gar-
» dez-vous bien de soupçonner ma véracité.
» Je prends ici à témoin le Dieu des vivans,
» que je ne vous ai dit que ce que j'ai vu de
» mes propres yeux. Si mes moyens, si mes
» facultés égaloient ma bonne volonté, je
» garderois pour moi seul le mérite de la
» bonne œuvre à laquelle je vous invite, et
» je ne voudrois le partager avec personne;
» mais sans ailes il est impossible de s'élever
» dans les airs, et celui qui manque de res-
» sources est à l'abri de tout blâme. »

Les gens qui l'écoutoient commencèrent à se consulter à voix basse au sujet du secours qu'ils pourroient lui donner ; mais le vieillard interprétant mal leurs dispositions, et s'imaginant qu'ils avoient envie, ou de le renvoyer sans argent, ou de lui demander des preuves, s'écria d'un ton vif et courroucé : « Ames » plus stériles que les sables du désert, plus » dures que les rochers, quelle est donc cette » consultation à laquelle président la honte » et l'ignominie ? Ne croiroit-on pas qu'il est » ici question d'une affaire sérieuse, d'une » somme importante, des meubles d'un hôtel, » tandis cependant qu'il ne s'agit que d'un mor- » ceau de toile, d'une misérable enveloppe, d'un » simple suaire pour enterrer un mort. Mau- » dits soient à jamais l'avarice et les avares ! »

Les assistans, frappés des traits piquans qu'il lançoit, s'empressèrent de mettre un frein à sa satirique éloquence en lui offrant leur don. L'homme qui faisoit la quête, dit Hhârits-ben-hemmâm, me tournoit le dos, et je l'avois écouté avec attention sans avoir cherché à le voir. Cependant, lorsque le peuple eut fait ses libéralités, je me crus devoir d'imiter sa bienfaisance, et, tirant un anneau d'or de mon doigt, je me tournai vers le quêteur

pour le lui offrir. Quelle fut ma surprise,
quand j'eus reconnu, à n'en pouvoir douter,
notre fameux Cheykh-êl-séroùdjy; et dès lors
je conclus que tout ce qu'il avoir débité n'étoit
qu'un tissu de mensonges, et un piége tendu
à notre crédulité. Toutefois, feignant d'être
sa dupe, dans la crainte qu'il ne m'échappât,
je lui présentai mon anneau en le priant d'en
disposer à son gré pour les frais du deuil. Il
me combla de bénédictions et d'éloges sur
ma générosité, me quittant d'un pas précipité, et presque aussi vîte qu'il auroit pu le
faire dans un âge plus vert. Pour moi, je me
mis à le suivre, dans le dessein d'avoir des
nouvelles du défunt pour lequel il avoit fait
la quête avec tant de zèle, et en forçant ma
course, je l'atteignis à la portée d'un trait du
lieu où il m'avoit laissé. Je le tirai à l'écart,
le saisissant fortement par son manteau, je
lui dis d'un ton qui lui étoit familier : « Par
» le nom sacré de Dieu, rien ne t'arrachera
» de mes mains avant que tu m'ayes fait
» voir le mort dont tu nous as parlé. »

Êl-séroùdjy, sans se faire presser davantage, releva sa robe et me montra........
le mot de l'énigme. Que Dieu te confonde,

m'écriai-je ! peut-on se jouer ainsi de la bonne foi des humains ? En même temps je lui tournai le dos, et j'allai retrouver mes amis à qui je fis le récit sincère de ce que j'avois vu. Ils pensèrent étouffer de rire, tout en maudissant le défunt.

FIN DU QUATRIÈME VOLUME.

TABLE

DES NOUVELLES

contenues dans ce volume.

TABLE.

CONTES TRADUITS DU PERSAN.

CONTES ARABES.

FIN DE LA TABLE DU QUATRIÈME VOLUME.